COLLECTION FOLIO

Lucien Suel

La patience de Mauricette

La Table Ronde

Lucien Suel est né en 1948. Il vit dans les Collines d'Artois. Il a édité la revue *The Starscrewer*, consacrée à la poésie de la Beat generation. Il anime la *Station Underground d'Émerveillement Littéraire* et le blog « Silo — Académie 23 ». Il a publié de nombreux ouvrages de poésie et deux romans parus aux Éditions de La Table Ronde.

Les personnages et les situations de ce récit étant fictifs, toute ressemblance avec des personnes ou des situations existantes ou ayant existé ne saurait être que fortuite.

À mes parents.

Je suis redevenue un petit enfant. Je ne connais ni le monde, ni la chair, ni le démon. Je vis dans mon imagination et là seulement. Tous mes sentiments sont présents, mes désirs et mes ambitions. Ce n'est pas que je veuille si fort renoncer au monde : le monde a disparu. Je l'ai quitté, un pas, c'est tout, je n'ai même pas regardé, je ne savais rien ; et maintenant, dans le secret et l'obscurité, je ferai ma demeure.

KATHERINE MANSFIELD
Journal.

1

« Mauricette ! Fais attention ! N'va pas tout près d'eulle rivière ! Marie-Groëtte, elle va t'tirer au fond ! » C'était la mise en garde de Mémère Beaussart à sa petite-fille lorsque celle-ci s'approchait un peu trop de la Lys qui coulait au bout du champ de pommes de terre à Saint-Venant. Les grands-parents paternels de Mauricette étaient des petits fermiers. À force de travail, Joseph Beaussart était passé du statut de fermier à brouette à celui de fermier avec un cheval.

Ce matin de septembre, avec Bijou attelé à l'arracheuse, il avait ouvert les buttes et les pommes de terre avaient vu le jour. Une belle récolte après une saison sans mildiou, ni doryphores. Les patates avaient séché sous le soleil et en fin de matinée, toute la famille était là avec les mannes et les sacs de jute pour le ramassage. Mauricette était venue d'Haverskerque, le village voisin, avec ses parents. Son papa, Arthur, travaillait habituellement dans les champs, le plus souvent pour le compte de son père, mais aussi pour d'autres fermiers aux alentours. C'était un homme grand et fort, massif, au visage sanguin. Thérèse Duval, sa femme, était originaire de Deûlémont. Ayant son brevet élémentaire, elle avait été recrutée par la paroisse de Morbecque, près d'Haverskerque, pour s'occuper de la classe des petits à l'école des sœurs. Arthur et Thérèse s'étaient rencontrés quand il était venu livrer des pommes de terre à la Communauté. Ils avaient fréquenté, comme on disait à l'époque, s'étaient mariés et Mauricette était leur premier enfant. La rentrée des classes aurait lieu dans une quinzaine de jours, aussi Thérèse était là, mettant la main à la pâte. Mémère Beaussart n'était pas fâchée de voir sa belle-fille instruite, suante et le dos courbé, ramasser des pommes de terre.

Mauricette, qui n'avait que cinq ans, apportait son aide, mais souvent cessait le travail pour courir à travers le champ. Elle soufflait sur les pissenlits quand elle en trouvait en graines, allait parler à sa poupée de chiffon posée au bord du chemin, lui décorait son chignon de laine avec des plumes trouvées. Assise dans la terre fine, les jambes allongées, les mains posées sur les genoux, elle levait les yeux vers le ciel, regardait longtemps les lourds nuages blancs qui changeaient de forme, poussés par un léger vent venu de l'ouest, de la mer.

Les grandes personnes travaillaient par équipes de deux avec une grande manne d'osier tressé. La manne pleine, on la vidait dans un sac de jute. Il fallait se placer face à face, coincer le bord du tissu avec la main sous le bord de la manne et ensuite, ensemble, soulever la manne par le fond et la renverser. Mauricette aimait le bruit que faisaient les pommes de terre en tombant. Elle aimait aussi l'odeur de la toile de jute. On répétait l'opération une deuxième fois pour remplir le sac. La journée avançant, il y en avait maintenant toute une théorie debout sur le champ comme des soldats boursouflés et courts sur pattes. Mauricette courait en zigzaguant tout autour. « Fais attention, Mauricette, n'va pon ichi rinverser chés sacs ! », criait Mémère Beaussart. Thérèse ne disait rien, elle n'était pas chez elle ; mais elle sentait la sourde hostilité de sa belle-mère, une hostilité qui contaminait son beau-père et parfois son mari. Mauricette essayait de compter les pommes de terre pourries abandonnées sur le terrain. On était en septembre 1938 et bientôt le malheur allait s'abattre sur le pays et sur la famille.

*

Moins de deux ans plus tard, le 4 juin 1940, alors que les troupes allemandes pénétraient dans Dunkerque, Arthur Beaussart, qui, bien que père de famille, avait été mobilisé, fut arrêté et fait prisonnier près de Steenwerck par une patrouille allemande, alors qu'il errait à la recherche de son régiment. Avec des milliers de ses camarades, il marcha sous bonne garde vers l'Allemagne. Prisonnier de guerre, il fut envoyé en Autriche dans un commando agricole. Jusqu'à la fin de la guerre, il travailla dans une ferme de Carinthie.

Le reste de la famille Beaussart avait participé à l'exode de mai 1940, mais devant l'impossibilité de franchir la Somme, les ponts ayant été détruits, tout le monde était finalement rentré à Saint-Venant et à Haverskerque. Thérèse reçut les premières nouvelles de son mari à l'automne 1940. L'année suivante, elle quitta son travail et s'installa avec sa fille chez ses parents. Jusqu'à la fin de la guerre, elles vécurent à Deûlémont, rue des Processions, avec Pépé Léon et Mémère Germaine.

Paradoxalement, c'est pendant cette période noire de l'Occupation, chez ses grands-parents maternels, que la fillette vécut les meilleures années de sa vie.

Léon Duval était employé à l'Hôpital psychiatrique d'Armentières. En toutes saisons, par tous les temps, longeant la Lys, il effectuait à vélo le trajet entre son domicile et son lieu de travail. Il avait commencé en 1912 comme gardien à l'Asile public d'aliénés. Il n'avait pas travaillé longtemps car la Grande Guerre avait éclaté. Il était parti comme des millions d'autres jeunes de son âge. L'Artois, la Champagne, le Chemin des Dames, Verdun… Lui était revenu. Armentières avait été dévasté par les bombardements, l'Asile complètement détruit. Léon Duval avait vécu la reconstruction qui s'était étalée de 1921 à 1938. En 1937, les asiles furent transformés en hôpitaux psychiatriques. À cette occasion, il put bénéficier d'un changement de statut et de fonction auquel il aspirait depuis longtemps. Au cours de ses années comme gardien, il avait regretté la façon dont on traitait parfois les malades. Il travaillait toujours avec eux, mais il n'était plus leur gardien, il était devenu un des jardiniers de l'hôpital.

L'histoire bégayait. En mai 1940, pendant une semaine, les Stukas avaient frappé Armentières, semé la mort et la terreur dans l'Hôpital psychiatrique et les rues de la ville. Une centaine de bombes avaient atteint les bâtiments de l'hôpital, détruisant les cuisines, la pharmacie, l'internat et de nombreux pavillons. Des dizaines de malades et des membres du personnel avaient été tués. Sa femme Germaine voulait le retenir à la maison mais tous les matins, Léon retournait à son poste. Le soir, il lui racontait les événements dramatiques dont il avait été témoin.

Quand Thérèse et la petite Mauricette arrivèrent en 1941, la reconstruction était presque achevée. Léon avait énormément de travail car le docteur Guilbert, directeur de l'hôpital, rentré de captivité, avait repris son poste et ordonné de transformer une grande partie des pelouses en jardins pour agrandir la surface des cultures maraîchères.

*

Un soir de septembre 1941, Léon Duval fit part à la famille d'une importante nouvelle : « J'avais vu qu'on faisait des travaux dans le pavillon 13, le pavillon Morel, mais il n'a pas été bombardé, alors je me suis demandé pourquoi...

— Alors, quoi ? s'impatienta Germaine.

— Eh bien, ils vont ouvrir une « Maison de Travail » pour des femmes !

— Des femmes ! Mais il n'y a jamais eu de femmes à l'Asile d'Armentières, dit Thérèse.

— Oui, mais là, c'est spécial ! C'est pour la vérole, pour les — Léon baissa la voix — les putains.

— Léon ! Ton vocabulaire ! Il y a des petites bottines qui nous entendent. »

Mauricette était en train de jouer sous la table, à l'abri derrière les pans de la toile cirée.

« D'accord. Ce sera un pavillon pour les prostituées atteintes de maladies vénériennes. C'est la Kommandantur qui l'a demandé.

— C'est normal. Il faut bien les soigner, ces pauvres femmes, chuchota Thérèse.

— Oui justement, reprit son père, et c'est là que c'est intéressant, surtout en ce moment. Ils vont recruter du personnel, des femmes ! Des femmes pour soigner des femmes ! Alors Thérèse, qu'en penses-tu ? Ce qui est sûr, c'est que je peux te pistonner.

— Oh oui, Papa, c'est une idée. Vous savez, ça me gêne d'être à votre charge et je serai contente d'avoir un salaire pour élever Mauricette.

— Et moi je m'occuperai de la petite le jeudi, ajouta Germaine.

— Parfait, demain, Thérèse, tu prendras le vélo de ta mère et on ira ensemble au bureau. De toute façon, tu ne commenceras pas tout de suite. L'ouverture est prévue pour le 28 octobre. »

Sous la table, Mauricette avait compris. Elle avait huit ans et déjà dépassé d'un an l'âge de raison.

Elle allait à l'école communale près de la maison et le jeudi matin se rendait au presbytère pour le catéchisme. Quand elle rentrait en fin d'après-midi, sa grand-mère lui donnait une tartine de saindoux sur laquelle elle avait la permission de répandre une pincée de sel prise dans la boîte en bois à couvercle. Ensuite, son plaisir était d'aller « recueillir » les œufs dans le poulailler. Elle n'avait pas peur de glisser la main sous la poule qui pondait pour prendre les œufs laissés par d'autres. Elle connaissait bien ce plaisir de sentir sur sa peau la douceur des plumes, la chaleur des œufs rassemblés dans le nid au milieu de la paille luisante et lisse.

Elle avait appris à manipuler le grand couteau et servait des rondelles de betterave aux lapins enfermés dans leurs cages. En cette période de privations, les œufs et la viande de lapin étaient choses précieuses.

Pépé Léon l'emmenait souvent dans le grand jardin, un champ à vrai dire, situé derrière la maison. Il apprenait le jardin à la petite. Elle reconnaissait les plantes à leurs pousses, distinguant l'oignon de l'échalote, le pois du haricot. Parfois, elle accompagnait son grand-père à la pêche le long de la Lys. C'était cette rivière qui avait fait dès le Moyen Âge la prospérité d'Armentières à cause de ses eaux aptes au rouissage du lin. Les nombreuses filatures en activité en témoignaient. Mauricette l'avait lu dans la page d'histoire locale du journal paroissial. Elle lisait tout ce qui lui tombait sous la main. Sa mère l'encourageait.

C'était différent quand, de temps à autre, les deux se rendaient à Saint-Venant pour visiter les autres grands-parents. Mémère Beaussart considérait la lecture comme une perte de temps, « Ch'est bon pour chés paresseux ! ». Quant à Pépère Beaussart, il manifestait surtout de l'indifférence à l'égard de sa petite-fille et de sa belle-fille. Il pestait contre l'absence de son fils retenu prisonnier par les Boches, ce qui l'obligeait à se fatiguer davantage pour la ferme. Arthur envoyait parfois quelques mots écrits au crayon de bois sur une carte comportant des inscriptions imprimées en écriture gothique. Thérèse lui faisait parvenir des colis par l'intermédiaire de la Croix-Rouge. Le contenu et la fréquence des envois étaient sévèrement réglementés.

*

Un jour, la guerre se termina. Les Allemands quittèrent le pays. Mauricette aperçut des chars américains dans Armentières. Elle vit sa mère danser dans la rue. Et puis quelques semaines plus tard, Arthur Beaussart revint. C'était l'été. La famille se reconstitua dans la maison d'Haverskerque. Mauricette allait avoir douze ans. Elle était innocente.

Je n'ai pas la clé. Je ne fais que les entendre tourner en cliquettement. Dans le trou et clac ! Les codes à secrets comme dans l'identité de l'ordinateur. Tu me manques. À petits pas derrière les arbustes avec des boîtes et des bouteilles. Souvent je les vois qui se roulent du tabac dans leurs feuilles de cigarettes et s'appliquent à fabriquer les tubes. J'entends arriver les clés. Elles avancent dans le couloir entre les murs entre le plafond et le carrelage. Tout est propre dans la télévision. Je préfère dire les mots en entier mais parfois. Cette nuit il n'est pas venu se tenir nudité à la porte de la chambre sans bouger. Je devine par l'odeur. Les toilettes. Moi je me fais propre dans les orteils. Sans gants transparents comme des préservatifs. C'est l'histoire ancienne. J'en vois pendant l'autorisation de ma sortie. Accrochés au mur comme les boîtes à lettres. Mon cœur s'est desserré. Il flotte entre mes côtes. On leur donne un verre d'alcool avant de partir à l'assaut et le chef se tient derrière avec un pistolet. On n'échappe pas. Pour moi, c'est bientôt. Je ne sais pas courir. Mes jambes sont mauvaises. Pas sales. Non mais des vei-

nes fatiguées noircies. Je suis dans le grabat cervical. Une ankylose fourmillante. Je pourrais rester des heures assise là. Je colle à la porcelaine plastifiée. Ils sont tous assis en rond dans leurs blouses blanches et leurs timbales blanches remplies de café noir. Leurs bouches bougent. Je regarde dans le couloir l'œil tourné vers le carrelage. J'ai essayé de résoudre le théorème de Fermat. Je me souviens du nom c'est une histoire de cubes et de carrés. Encore une équation qui a coulé au fond du lavabo. Partie dans le système secret des canalisations. Avec mes larmes et mon pipi. Je demande au docteur Demolins la cure de sommeil. Mais non ça n'existe plus pourtant ici c'est parfait pour la cure de sommeil. Dodo l'enfant do. Une brique au fond du lit enveloppée dans La Voix du Nord. *Colis chaud chaud. Je me traîne. J'en ai marre de la claque, des serrures. Ma tête s'enferme. Je repasse devant le point-phone. Je m'appuie et je dis une prière. Je n'ai pas de mal à murmurer. Gadji beri bimba. Éternel est son amour. J'entends pleurer l'homme nu, il a son survêtement pleure comme un bébé. Aujourd'hui il ne cache pas de boîtes de bière. Il connaît par cœur tous les petits mots du Scrabble pour éliminer les* w *ou les* k *et les* z. *Son baladeur est emmêlé comme du fil de pêche. Je vois aussi celui qui tripote des pouces la game-boy perpétuelle. Je recommence à écrire dans ma tête. Moreel cheval noir en flamand. C'est une application de regarder les mots apparaître dans l'œil fermé et les suivre de gauche à droite et quelquefois une bulle monte. Ouvre les yeux. Tu t'appelles Mauricette. Tu es assise dans la salle commune devant toi c'est la télévision permanente derrière toi c'est le monde des arbres de l'herbe avec un oiseau sans queue grosses ailes pleines de plumes. On ne peut pas les écraser avec la main plate. Voilà Mme la psychologue jeune et douce fines oreilles. Que je lui chuchote mes secrets. Peut-être bientôt mais je n'entends que le bruit des moteurs qui survolent la pelouse. Choses qui tournent coupent la viande verte. Des mobylettes à bretelles des diables grinçants. Je sens la fumée du cambouis, elle circule. La nuit j'ai les yeux ouverts. J'attends la sortie. Je tourne sur moi-même comme la lune. Je tire le bas de ma chemise de nuit. Elle se chiffonne en coton. La cloche sonne. Il y avait des bombardements. C'est passé. Maman se cache à quatre pattes sous la table moi avec dans les oreilles. Hurlements des cochons et le couteau. Tourne tes doigts dans le sang. Vite vite. Il ne faut pas coaguler. Sa salive coule quand il parle du jambon la ventrèche roulée avec une ficelle. Aile 7. J'y suis. Je reste. Je connais une porte distrans dans le parc. Toujours des plumes dans l'herbe. Jolie plume de geai. Pour aller sur l'autre dimension de planète. Une minute. Personne ne sait. Dressé au bord de la fenêtre pour s'envoler. Le bruit. Cris. Je suis là. J'ai du courage pour attendre. Je n'ose pas. Bouger et me retourner. Toutes les choses à l'intérieur pour se renverser. D'un seul coup, ça sort dans ma gorge. Et voilà, faut wassinguer. Tracer des lignes du bout du pied dans le vomi. Encore des lignes. Des lignes horizontales de Scrabble. Verticales de Scrabble. Une petite fille étouffée par le soleil dans le rehausseur. Papa est parti. Il est en Allemagne travailler. Papa Pépé. Lui c'est dans les boyaux. À boire du vin et ici dans la brasserie, une bière genre Rodenbach mais à un degré minimal. On la transporte dans des seaux. Du pain liquide. La frontière n'est pas loin. À travers la Lys. Je vais tout du long. Porte de Gand. C'est un mélange. L'eau sur les plats-bords d'Armentières à Gand. L'odeur noire de la rivière entre les nuages gris. Je me sépare. Je suis tranchée. Bibine.*

2

Quand il ouvrit la porte de la maison, une odeur caractéristique de viande pourrie satura ses narines. Instantanément, il recula, s'arrêta sur le seuil cimenté. Christophe Moreel craignait le pire. Vision de veines ouvertes, gorge tranchée, sang noir coagulé dans les draps.

La disparition de Mauricette datait tout au plus de vingt-quatre heures. En supposant qu'elle soit rentrée chez elle, ce qu'il était venu vérifier, en admettant qu'elle ait commis le geste, l'odeur de mort ne pouvait être à ce point puissante.

Christophe se pinça le nez et s'engouffra dans le couloir. Seule, la porte au fond, celle de la cuisine, était ouverte. Les deux portes de droite qui donnaient l'une dans le salon et l'autre dans la salle à manger transformée en chambre étaient fermées. Il avança résolument à travers la vague de puanteur. Le poème baudelairien l'attendait un peu plus loin, non pas dans la cuisine, mais dans la véranda, pièce ajoutée à l'arrière de la maison.

Un cadavre animal gisait sur une table, grouillant de vers blancs. Un liquide marron avait formé une flaque sur la toile cirée. Manifestement, la bête oubliée là avait subi les attaques de la chaleur et des mouches. À la forme du crâne et aux pattes antérieures jointes en une sorte de prière, Christophe reconnut un lapin dépiauté. Inutile d'appeler la police. Il ouvrit la porte vitrée et sortit respirer un air moins vicié.

Les poumons oxygénés, il revint au lapin putréfié et à son entourage de gras parasites. Il replia vers le centre les quatre coins de la toile cirée orange qui protégeait la table, pour en faire un baluchon maniable qu'il emporta dans le jardin. Il se dirigea vers le modeste compost que son amie Mauricette alimentait avec les épluchures de ses fruits et légumes et son marc de café quotidien. Il laissa glisser le contenu mort-vivant du baluchon au milieu des demi-pamplemousses évidés et des peaux de melon. Après quoi, avisant une bêche dans la remise, il recouvrit de terre et sans oraison les restes de la bête, abandonnant la toile cirée maculée de déchets dans le jardin. La prochaine pluie d'orage la rincerait.

Revenu à l'intérieur, Christophe ouvrit portes et fenêtres pour aérer la maison à fond en créant le maximum de courants d'air ; ce faisant, il visita toutes les pièces. Rien de particulier à signaler. Quand elle avait quitté la maison en sa compagnie, trois semaines auparavant,

Mauricette n'avait oublié qu'une chose, ce lapin. À la réflexion, il pensa que ce n'était pas sa faute, plutôt la sienne.

Avant leur départ, elle se tenait dans la pièce de devant, le salon-bibliothèque, recroquevillée dans son fauteuil préféré. Christophe avait rapidement préparé la valise de son amie en se rendant dans la chambre qui communiquait avec le salon. Mauricette avait dernièrement décidé de faire installer son lit dans la salle à manger, pour ne plus avoir à monter à l'étage, qu'elle avait abandonné aux archives et aux araignées. Christophe avait trouvé et rempli une trousse de toilette dans la salle de bains qui jouxtait la cuisine. Il avait essayé de bavarder avec Mauricette en attendant le passage du bus, mais elle avait gardé la tête baissée, reniflant seulement de temps en temps. Ils étaient sortis. C'est lui qui avait fermé la porte à clé. Il se reprochait maintenant de n'avoir pas fait le tour complet de la maison pour une ultime vérification.

Christophe Moreel étant la personne à prévenir en cas d'urgence, l'EPSM d'Armentières l'avait appelé pour l'informer de la fuite — il ne savait plus quel terme l'infirmière avait employé. Pas évasion, peut-être fugue… — bref, la disparition de Mauricette Beaussart. Il avait tout de suite pensé à venir chez elle. Christophe avait l'impression de revivre les événements de décembre 1989 quand Mauricette s'était échappée de l'Hôpital de Saint-Venant, mais il espérait qu'on la retrouverait beaucoup plus vite.

*

Christophe était devenu l'ami proche. Il habitait un appartement dans le centre de Comines à six minutes de Deûlémont par le bus, la ligne 82 qui desservait Armentières en suivant le cours de la Lys. Avec le temps et les aléas de la santé mentale de Mauricette, il agissait parfois comme un tuteur légal, ce qu'il n'était pas formellement, même si, par exemple, Mauricette lui avait fait une procuration à la Poste.

C'est lui qui l'avait accompagnée à la « Clinique » du secteur G18 de l'EPSM dont Mauricette dépendait, étant domiciliée à Deûlémont. Deux fois déjà, pour de courts épisodes dépressifs, elle avait été soignée là en HL (hospitalisation libre). Cette fois, son état paraissait plus grave.

Comme tous les mardis, en route pour Armentières où il allait s'approvisionner en livres, CD et DVD à la médiathèque, Christophe s'était, entre deux bus, arrêté chez son amie. Personne ne lui répondant, il avait sorti les clés dont il possédait un jeu et il avait trouvé Mauricette dans un état alarmant, prostrée dans son salon, regard éteint, bredouillant des mots incompréhensibles.

Christophe avait immédiatement appelé le

docteur Dufour, son médecin traitant qui, par chance, allait commencer ses visites. Il était arrivé dans le quart d'heure suivant. Après avoir examiné la malade, il l'avait interrogée sans grand succès. Il avait proposé l'hospitalisation, à quoi Mauricette, semble-t-il, avait consenti. Elle avait regardé M. Dufour en opinant lentement sans cesser de se tordre les doigts l'un après l'autre.

M. Dufour avait estimé qu'elle devrait rester sous surveillance pendant une période relativement longue et il avait écrit dans ce sens à son confrère psychiatre, le docteur Jean-Marie Demolins qui suivait Mauricette. Il avait confié la lettre à Christophe en lui disant qu'il préviendrait le service du G18 par téléphone. Après le départ du médecin, Christophe avait tant bien que mal réussi à faire la valise de Mauricette.

L'arrêt était devant la mairie à deux pas de la maison. Le bus était quasiment vide. Christophe avait composté les billets, installé Mauricette contre la vitre. À la sortie du village, ils avaient traversé la Deûle qui achevait là son parcours avant de se jeter dans la Lys. De chaque côté de la route, c'était la campagne verte et plantureuse, vaches et chevaux dans les prairies. Ils avaient passé un chenil, aperçu un troupeau de pintades. Mauricette, silencieuse, regardait le paysage.

À Frelinghien, sur la gauche, après la chapelle Notre-Mère de la Miséricorde, alors qu'ils longeaient le Centre de soins palliatifs Jean-XXIII, Christophe s'était projeté un instant dans un futur rythmé par des images de perfusion et des seringues de morphine. Il avait secoué la tête et tenté de parler à Mauricette par-dessus le bruit du diesel.

« Mignons, ces veaux-là ! Est-ce que tu te souviens quand tu as commencé ta collection ?

— Hitler, j'avais sa photo sur un timbre. Des milliards. Milliarden.

— Non, je parle de ta collection de phrases avec les veaux.

— Les bovidés vidés vides. Ils sont… »

Christophe avait renoncé. Le bus traversait Houplines. Le décor urbain avait pris le dessus, corons de briques rouges, quelques immeubles des années soixante, anciennes filatures. Ils étaient entrés dans Armentières. Christophe avait appuyé sur le bouton rouge pour demander l'arrêt Place Chanzy.

Il tirait la valise à roulettes et Mauricette laissait pendre au bout de son bras le panier vert en simili-paille qui lui tenait lieu de sac à main. À soixante-quinze ans, elle aimait toujours la marche mais ce jour-là, elle était moins alerte. Christophe avait réglé son pas sur le sien. Arrivés devant le bistrot « Au Brin de Zinc », ils virent l'entrée et la façade de la « Clinique ».

Les patients venaient d'une dizaine de secteurs correspondant aux communes de la métropole lilloise ; le 59G18, Secteur de psychiatrie générale de la Vallée de la Lys, prenait en charge les patients vivant au nord de Lille dans un triangle matérialisé par la Lys, la Deûle et l'autoroute A22, très précisément les communes de Warneton, Comines, Wervicq, Bousbecque, Halluin, Roncq, Bondues, Linselles, Quesnoy-sur-Deûle et Deûlémont. Christophe pensa qu'habitant Comines, lui aussi serait soigné là si son équilibre mental venait à être bouleversé.

Le docteur Dufour avait expliqué la marche à suivre. Avant d'aller au G18, ils devaient d'abord se rendre à l'accueil général. Longeant le haut mur de briques de l'hôpital, ils pénétrèrent dans l'établissement par l'entrée principale, rue du Général-Leclerc. Le portail automatique était grand ouvert. De son bras libre, Christophe voulut soutenir Mauricette mais elle refusa son aide. Elle marchait au milieu de l'avenue en trottinant, son cabas en paille se balançant contre sa robe de toile bleue.

Christophe était impressionné par l'aspect de l'hôpital. Il connaissait l'expression « une ville dans la ville » et se rendait compte du bien-fondé de celle-ci, à cette différence que les espaces dévolus à la nature étaient plus importants ici que dans les cités modernes où la surface des rues et des parkings l'emporte largement sur celle des jardins. Une longue avenue, séparée en deux voies à sens unique par une succession de massifs fleuris et de roseraies, bordée de chaque côté par des tilleuls majestueux, conduisait dans le lointain, vers le cœur de l'établissement. Des panneaux indicateurs jalonnaient le terrain. On apercevait des voies perpendiculaires asphaltées qui se ramifiaient, des parkings et surtout des bâtiments imposants, en briques rouges, linteaux de pierres blanches taillées et pignons à gradins, maisons de maîtres à l'architecture flamande. Il avait l'impression d'entrer dans *Le Fantôme espagnol*, une bande dessinée de Willy Vandersteen qui l'avait marqué dans sa jeunesse, ou d'arpenter les rues d'une petite ville flamande, Furnes ou Ypres.

Mauricette et Christophe arrivèrent devant l'accueil général, un bâtiment rénové dans lequel l'ambiance de briques flamandes se mêlait à un style plus contemporain, avec de grandes surfaces de verre et des colonnes néo-romanes en béton recouvert d'ocre jaune. De chaque côté des colonnes, des palmiers sortaient d'énormes bacs de bois verni. Les portes vitrées automatiques s'ouvrirent puis se refermèrent derrière eux. L'hôtesse assise derrière son comptoir les accueillit avec un sourire :

« Bonjour, madame. Bonjour, monsieur. C'est pour une admission ? »

Mauricette était restée plantée le nez en l'air. Christophe répondit :

« Oui, madame, bonjour, oui, c'est pour une admission, c'est mon amie…

— Si vous voulez bien avancer, madame, monsieur… »

L'hôtesse s'était levée. C'était une dame d'un certain âge, élégante et discrètement maquillée. Elle s'approcha de Mauricette, lui prit le bras et en même temps, la lettre du docteur Dufour que Christophe lui tendait.

Il les suivit, traversant un décor de plantes vertes pour gagner le bureau de soins infirmiers. Mauricette regardait fixement le plafond pendant que l'infirmier de service la questionnait. Christophe expliqua la situation. Après avoir lu le courrier du docteur Dufour, comme Mme Beaussart était déjà connue et qu'existait un accord médical, l'infirmier prévint le service par téléphone. Ils pouvaient maintenant se rendre à l'accueil du G18, mais Christophe devrait revenir au bureau des admissions pour les formalités administratives.

En sortant, Mauricette regarda longuement les colonnes d'éclairage jaunes et bleues semblables à des phares côtiers. Ensemble, ils se dirigèrent vers la « Clinique » à cent mètres de là. On était le 18 août 2008.

Le sang tourne dans ma tête. Je le vois. Je le sens. Des boules rouges des omelettes en pseudopodes grisâtres. Je sens le sang qui se fatigue. Il s'use ça coule, tout coule comme canal de pleurniche de Saint-Venant quand je suis plus jeune, avant 18, et maintenant vieille. C'est le secteur 59G18. Mais ce n'est pas mon âge. Je regarde sur la pelouse la pie noire et blanche, qui n'a pas de queue. Perdue. Mais s'envole normalement. Elle est normale. C'est question de géographie, l'habitat. Avant c'était 62 maintenant c'est 59 même 59 c'est avant 62. C'est la clinique des tilleuls et des marronniers, des saules je préfère. Au bord de l'eau, et le soleil me chauffe un peu. Je vais tirer les manches de ma jaquette de laine. Éducateur qui passe. Mon éducation c'est un livre de mes rêves. Celui-là est drôle un bon sourire s'appelle Frédéric. Jamais de taches de café sur son pantalon. Il ne renverse pas. Il n'a pas besoin de se changer pour être dans la propreté. Moi je glisse sur tout. Je serre fort le gobelet en plastique blanc, il se déforme. Je le griffe avec mes ongles, je musique, pas des maracas mais tube en bois comme un peigne qui fait zip zip. Le docteur Demolins pose des questions. Je peux dire que je m'en fous. Je suis chez eux. C'est leur maison. Elle a des briques, des pierres blanches, beaucoup d'arbres, des tilleuls des marronniers des saules. Des arbustes jeunes et des vieux comme des aubépines en boules taillées tous les ans. Le café froid. Je le bois sans sucre. Bois tout noir. Télévision qui parle. Qui bouge toujours. Je me détourne. J'avance doucement à descendre les marches de l'escalier du parc. Je sens le tabac de la fumée des pensionnaires en l'air au-dessus de l'escalier. C'est interdit. Mais la fumée du café quand je respire fort à ma fenêtre du matin ouverte. Si tu es angoissée tu ne téléphones pas immédiatement. Je ne sais pas. Seulement le point-phone. Comme une chapelle personnelle. Je m'appuie sur l'autel. Roman. Ma manche est décousue. Moi suis décousue. Le sang tourne dans ma tête pas mon ventre. Je suis vieille maintenant. Je vais rentrer à la maison. Je vais voir Papa et Maman. Ils sont morts. Aussi des pies ont gardé leur queue et les gros pigeons ramiers qui broutent comme des vaches dans l'herbe de la pelouse. Mangent des mégots, ça excite. Ils peuvent crever. On ne sait pas quoi dans leur gros ventre dandinant. Je les déteste de tout mon cœur. Lui je sais qu'il a des couches pour le pipi. Pipi pantalon. Pipi papa. Il vole des culottes, peut-être pour faire un nid avec des œufs jaunes. Gros œufs mous bouchent la bouche. Je sens le sang qui avance et recule. Le dos de ma main. Crispée à droite sur la timbale en plastique blanc. Elle est vide. Au bord de la Lys c'est à Saint-Venant comme Armentières. Des allers-retours. Elle fait des boucles et des lignes droites pour les péniches.

Tout est liquide. Avec une odeur de vanille vaporisée au-dessus de la cuvette. Sang noir. Vomi de chien. Le docteur demande si ça va. Oui ça va docteur. Oui oui. Je broute les médicaments. J'ai ceci pour le cœur, ceci pour les intestins et celui-là, c'est pour ma tête qui bouge autour des veines et des artères. Je reconnais bien mes pantoufles, la droite de la gauche. Pantoufles, pas des espadrilles avec une semelle en corde pour mouiller ses pieds quand il pleut sur le macadam. Les blouses blanches transhument dans la couleur de l'hospitalisation. Je suis hospitalisée. En os, en Italie. Je peux faire la promenade sociale acheter des Mentos pour ma glycémie. Pour glisser avec mes boules rouges. Alfonsina est en train de m'écrire. Elle prend du poids autour des bras et des jambes. La dernière fois le Veinamitol était remboursé. C'est fini. Mon argent est à la banque du Centre social. Long chemin avec passage entre les troènes. De temps en temps je suis vive de mon bras comme une langue de grenouille s'allonge et je me referme pour écraser un moustique. Il saigne une goutte dans la main. Un insecte sans veines. J'ai besoin d'un cahier pour écrire mon souvenir. Les souvenirs enfermés comme un grand sac en plastique, avec des kilogrammes de moustiques. Souvenirs avec des petites ailes. Je peux les attraper. Je suis subtile pour ça. Porte qui claque. Le nouveau pleure dans un téléphone. Attention pour s'électrocuter. C'est comme les pieds mouillés dans le bac à douche de la thalassergothérapie. J'en vois qui s'embrassent en maillots de bains avec des bulles et des remous. Oui docteur et vous ça va ? Je passe du temps ici ou là, aujourd'hui et avant dans l'autrefois quand j'étais jeune à Saint-Venant Deûlémont Houplines Armentières. C'est pour ma santé variable. Éclaircies dans la bruine. Je sais encore le mot mantra pour répéter mon nom. Je m'appelle Mauricette Beaussart. Je suis née à Haverskerque. C'est ma biographie. Une maladie m'a attrapée. Maladie, levez-vous ! Levez-vous !

3

Clac ! À Deûlémont, rue des Processions, la porte d'entrée ! Courant d'air, bien sûr ! Avec ces portes et fenêtres ouvertes ! Christophe les referma toutes, sauf celles de la véranda dans laquelle subsistait encore une délicate fragrance de charogne. Pour fuir ce « sentiment », Christophe passa dans le salon ; il s'assit dans le fauteuil de Mauricette, laissant une nouvelle fois, venues du passé, les images de son amie envahir son esprit.

Christophe Moreel et Mauricette Beaussart s'étaient connus en 1988. Ils participaient tous deux à un stage d'initiation informatique organisé par la MJEP (Maison des jeunes et d'éducation populaire) de la région d'Isbergues, la ville de Christophe à l'époque. Mauricette, quant à elle, arrivait de Saint-Venant à vélo. Elle était dans sa cinquante-cinquième année, encore suffisamment en forme pour faire aisément les cinq kilomètres nécessaires. Une douzaine de stagiaires se partageaient les six ordinateurs de la Maison des jeunes. Les participants n'étaient pas spécialement jeunes ; ils étaient plutôt là au titre de l'Éducation populaire. L'animateur, autodidacte en informatique, connaissait son affaire et suivait une progression très pédagogique.

Christophe s'était inscrit à ce stage pour se perfectionner, ayant découvert l'informatique grâce à un ami qui lui avait prêté un PC 286. Pour lui, l'ordinateur était avant tout une machine à écrire perfectionnée qui pouvait l'aider dans son travail. Et puis, il était également intéressé par l'utilisation possible et gratuite du matériel de la MJEP, notamment une des toutes premières imprimantes laser, pour l'instant à l'usage exclusif de l'animateur, les stagiaires devant se contenter des imprimantes à aiguilles et à rubans.

Mauricette et Christophe utilisaient le même poste de travail, se passant mutuellement le clavier pour effectuer les exercices proposés au tableau par l'animateur. Il s'agissait en premier lieu d'apprendre les rudiments des commandes DOS pour créer fichiers et répertoires, les renommer, les déplacer, les détruire.

Les participants étaient loin d'être au même niveau. Christophe avait remarqué cet étrange bonhomme, agité de tics, secouant la tête et tirant la langue, venu là pour répertorier sa collection de disques d'accordéon. Il utilisait presque tout le temps des séances à entrer ses données, lettre par lettre avec l'index droit, titres et interprètes, de Louis Ledrich à Gus Viseur, de *La Paloma* à *Perles de cristal*, grâce à Sprint, le traitement de texte.

Assez vite, et malgré la différence d'âge, Christophe abordant la quarantaine, Mauricette et lui étaient passés au tutoiement. Le stage s'étalait sur trois mois, d'avril à juin, une dizaine de séances qui avaient lieu de 17 heures à 19 heures. Ils avaient pris l'habitude de bavarder quelques minutes, au moment de la pause, assis sur un banc à l'extérieur, ou dans le couloir quand il pleuvait. C'est dans ces moments que Mauricette parlait d'elle de façon plutôt enjouée. S'étant présentée comme retraitée de l'Éducation nationale, à l'occasion du tour de table en début de stage, chacun savait qu'elle avait été institutrice.

En dépit des difficultés liées à la guerre, Mauricette avait pu entrer au cours complémentaire à Hazebrouck. Reçue ensuite à Douai au concours d'entrée de l'École normale de filles, elle y avait fait ses études secondaires et en était sortie au début des années cinquante avec un certificat d'aptitude pédagogique. Depuis 1972, elle habitait Saint-Venant.

Elle avait toujours aimé la littérature et la poésie ; elle connaissait par cœur des poèmes de Charles Baudelaire, Arthur Rimbaud, Paul Verlaine et Gérard de Nerval, dont elle accommodait le fameux sonnet en déclamant : « Je suis la veuve, la ténébreuse, l'inconsolée, la princesse de Flandre à la cervelle ramollie… »

Cet intérêt pour la poésie était sans aucun

doute ce qui rapprochait le plus les deux stagiaires. Christophe avait été étonné d'apprendre qu'elle collaborait à la rédaction d'une revue éditée dans la région lilloise. Elle rédigeait tous les mois dans *Le Dépli amoureux* une chronique intitulée « Vapeurs » dans laquelle elle rendait compte des parutions poétiques et des nouveautés dans le domaine des musiques expérimentales.

Plus tard, Christophe se procura des exemplaires de la revue et fut agréablement surpris, en lisant son travail, d'en découvrir l'humour et l'originalité. Elle était capable, à partir d'une introduction décrivant la récolte des cornichons au potager, de dériver ensuite presque logiquement vers une recension des nouvelles revues littéraires.

Mauricette Beaussart avait des références surprenantes, allant du jazz de Sidney Bechet aux extravagances de Frank Zappa, du classicisme de Racine à la désinvolture des compagnons de Tristan Tzara, des tableaux des primitifs flamands aux explosions du groupe Cobra. Sur ce terreau commun, les conversations s'étoffèrent. Une amitié naissait.

*

À Deûlémont, Christophe Moreel s'extirpa du fauteuil club pour se diriger vers la bibliothèque. Les années avaient passé mais cette bibliothèque continuait de refléter la personnalité de son amie, offrant à la vue celles et ceux qui avaient contribué à la formation de son esprit. Marie Noël voisinait avec Sophie Podolski, Samuel Beckett et Georges Bataille fréquentaient Thomas Merton et Georges Hyvernaud. Recueils de poèmes et romans noirs, littérature prolétarienne et Pères de l'Église, bandes dessinées érotiques, manuels de jardinage et traités d'architecture, tous les ouvrages étaient mêlés sans distinction, ni préséance, dans la bibliothèque de Mauricette. On y rencontrait aussi ceux qu'André Blavier appelle « les fous littéraires » et des internés célèbres comme Germain Nouveau, Émile Nelligan, Antonin Artaud, Carl Solomon…

Reconnaissable à son dos marqué d'une paire d'étoiles séparées par un point, le gros classeur contenait le manuscrit en cours de Mauricette. ÉTOILE POINT ÉTOILE. *.* ; elle avait eu l'idée de ce titre pendant le stage de 1988, ayant noté qu'en informatique, le signe * peut remplacer n'importe quel mot. Ainsi, *.* désigne n'importe quel fichier et par là, tous les fichiers existant dans la mémoire de l'ordinateur.

Depuis la fin des années soixante-dix, Mauricette avait commencé de fabriquer ce livre qui voulait décrire le monde actuel dans sa totalité, une œuvre composée majoritairement de textes trouvés, découpés dans les journaux de petites annonces, les prospectus de supermarché, les catalogues de vente par correspondance, des listes de courses, des extraits des magazines ou des livres qui lui tombaient sous la main. Au fil du temps, Mauricette avait incorporé à son livre d'autres documents, des fragments du journal intime qu'elle tenait épisodiquement et puis surtout l'*anthoveaulogie*.

Lorsqu'elle lisait un roman ou un recueil de poèmes, chaque fois qu'apparaissait le mot « veau », elle relevait scrupuleusement la phrase qui contenait le vocable, avec indication du numéro de page et en l'accompagnant des données bibliographiques, auteur, titre, éditeur, année de publication. Christophe ne connaissait pas le pourquoi de cette manie qui la faisait se focaliser sur ce mot de quatre lettres. Pour lui, cela faisait partie de son personnage au même titre que les trous dans sa biographie, ou les périodiques accès de mélancolie succédant à des journées d'intense activité.

Mauricette ne collait pas tous ces éléments dans son manuscrit. Elle les recopiait intégralement, souvent à la machine à écrire, parfois au stylo-bille, s'agissant de son journal intime. La pratique de l'informatique lui avait fourni un nouvel instrument, le traitement de texte, et partant, le titre général d'ÉTOILE POINT ÉTOILE qui « collait » véritablement à son projet globalisant. Ce travail en cours lui donnait sans doute la sensation de recréer la réalité, de lutter contre l'éparpillement qui est la marque du monde contemporain.

Elle n'avait jamais envoyé ÉTOILE POINT ÉTOILE au moindre éditeur. Cependant quelques extraits, sans doute procurés par Alfonsina Vandenbeulque, une de ses relations, figuraient dans l'ouvrage *Cadavre Grand m'a raconté*, une *Anthologie de la poésie des fous et des crétins dans le nord de la France* (sic) éditée en 2006 au Corridor Bleu par les soins du poète Ivar Ch'Vavar. Il est également certain que la publication en 1991 de ses *Lettres de l'asile* lui avait donné un début de notoriété dans le domaine de la littérature marginale.

Non sans une certaine émotion, entre un *Traité de la taille des arbres fruitiers* et un *Slang Dictionary*, Christophe dénicha un exemplaire de cet opuscule sur le second rayon de la bibliothèque de Mauricette, un livre mince de format oblong, à la modeste couverture grise, publié à Lyon par les Éditions de Garenne. Christophe Moreel était à l'origine de cette publication.

À l'automne de 1988, peu de temps après la fin du stage informatique et à la grande surprise de son ami, Mauricette fut hospitalisée d'office, et sans autorisation de visite, à l'Hôpital psychiatrique de Saint-Venant. Christophe n'avait pas encore totalement élucidé les circonstances qui avaient mené à cette hospitalisation. Il ne lui était pas venu à l'esprit que ce n'était pas la première fois qu'elle faisait un tel séjour. Compilant les informations piochées dans divers manuels de vulgarisation, il avait déduit qu'elle souffrait vraisemblablement de psychose maniaco-dépressive, troubles du comportement, accompagnés d'hallucinations auditives et distorsions du langage. Par la suite, elle était aussi passée par une phase de mélancolie profonde.

Apparemment, Mauricette n'avait plus aucun lien familial ; sans possibilité de lui rendre visite, et comme il était devenu son ami, il avait décidé de lui écrire. Il lui donnait des nouvelles de leurs rares connaissances communes et l'entretenait des créations dans le domaine de la production poétique et des musiques faites à la maison. Après quelques lettres laissées sans réponse, le contact s'était établi en février 1989. L'échange avait duré un peu moins d'un an au cours duquel Mauricette avait écrit une dizaine de lettres.

Il s'apprêtait à relire ces lettres presque deux décennies plus tard, en cette fin d'été 2008. Mauricette Beaussart avait encore une fois quitté son lieu de traitement. Les choses étaient cependant différentes. C'était l'été ; la température était beaucoup plus clémente qu'en décembre 1989. Et puis, Christophe connaissait mieux l'histoire de Mauricette. Il avait la clé de sa maison, le code de son ordinateur et il était en contact avec l'équipe du G18 qui la soignait depuis longtemps.

Tout à l'heure, il reprendrait le 82 pour Armentières. Il irait directement à la « Clinique ». Il voulait parler avec le personnel infirmier, tous ces gens qui s'étaient occupés de Mauricette pendant les trois semaines qu'avait duré son séjour. Peut-être rencontrerait-il Émilie Delaleau, la psychologue ? Il avait eu l'occasion de la saluer et se souvenait de son calme. La semaine précédente, lors d'une promenade dans le parc de l'EPSM, Mauricette lui avait dit : « Elle me parle et elle m'écoute avec ses grands yeux bleus. »

Je suis demandée d'écrire mes histoires de la vie que je mène ici ou là, maintenant ou avant dans l'autrefois qui demeure dans ma tête. C'est du travail. Je revois le gros stylo-plume noir doré du docteur Daquin qui crisse pour mon ordonnance, je l'entends sur le papier blanc et l'explication à Maman. Je sens l'odeur de la brillantine sur ses cheveux coiffés en arrière collant sur son crâne. Mais lui c'est le docteur de ma jeunesse. Il est mort. Je ne sais plus quand.

Non, ce jour ce n'est pas lui qui me demande d'écrire ma biographie de Mauricette, c'est la dame douce d'ici, de ma tête, de psychologie. Nous avons beaucoup de docteurs dans la psychiatrie et la psychologie. Je les connais depuis longtemps. Ils sont vivants pour me soigner. Ils n'écrivent pas mais ils demandent. C'est moi qui écris. Mme la psychologue m'a donné un cahier jaune avec des lignes bleues, fabrique de la Chine. Je ne sais pas si je vais écrire ma vie ici dans la « Clinique des Tilleuls » où je suis arrivée, venue et revenue.

L'étrangeté est de chaque côté du perron à l'entrée. Les arbres symétriques sont des ifs de cimetière que je connais. Je ne vois pas les tilleuls. Peut-être qu'ils sont enterrés sous les ifs. Beaucoup de choses ont vécu ici dans le temps passé, même la guerre. Il y a des mélanges dans mes airs, du bruit et de l'odeur, des yeux et de la peau. J'étais cachée sous la table de la cuisine et j'entendais une grosse voix : « Je vais te manger ! Je te mange, Mauricette ! » J'ai encore mal au dos, les épaules raidies. Quelqu'un qui est dans la mort maintenant me disait que mon petit frère Émile ressemble à Ghérasim Luca. C'est une grande injustice quand Maman est morte en le mettant au monde, en ce monde. L'hémorragie a tout emporté en sortant du ventre. Mon père se tenait dans la cuisine en pleurant. « Tu ne peux rien faire. » C'était dans la maison d'Haverskerque au coin de la rue. Dans la vitrine à côté, on montre des boîtes de chaussures ouvertes comme des petits cercueils blancs avec des petites bottines blanches et bleues. La sonnette du vélo qui dingdingue devant la porte d'entrée. Je fais attention. Je suis les lignes bleues. Je ne déborde pas dans la marge. La marge c'est pour la place du docteur ou de la maîtresse. Je ne passe pas la ligne rouge. J'écris en bleu sur le blanc dans le jaune. Je me vois dans l'écriture. Psychérie. Je vais te raconter mes histoires. Je sais le commencement. Le commencement c'est le mot. C'est mon nom, Mauricette. On m'appelle. Je naquis, je m'applique dans la maison près de la ferme d'Haverskerque, pas loin de la Lys. Du bon lait de la ferme qui sent fort quand les vaches retournent manger la verdure des pâtures. Ici aussi dans l'hôpital, il y avait une ferme des animaux qui n'étaient pas dans l'arche de Noé, des cochons, des veaux, des maguettes et des poules avec un coq très fier. Je lis des fables du corbeau et du renard, du loup et du chien. « Ils sont trop verts, dit-il, et bons pour les goujats. » Tous les mots à apprendre, à comprendre. « Regarde dans le dictionnaire ! » J'ai taché le dictionnaire, une tache de gras dans le rose transparent des citations en latin « Alea jacta est ! » à cause de la tartine de saindoux piquetée avec le sel fin et les graviers de sable de poivre noir. L'enfance. Papa a donné sa grosse voix, dénoué détaché la ceinture en cuir. Je cours autour de la table. Maman crie aussi. C'est la consolation après les marques rouges. On m'a dressée. Je suis bien dressée. J'ai des oublis. Il s'en va travailler dans les champs avec son vélo et dans sa carnasse une grosse bouteille de bière avec une capsule de porcelaine blanche qui fait ksss quand il claque le doigt dessus. Moi je frotte mon nez contre le tablier de Maman. Elle a essuyé les mains mouillées des frites des pommes de terre coupées. J'aspire l'amidon. Un sentiment de gouttes de pipi de lait maternel.

Je suis dans le panier d'osier sur le porte-bagages derrière Maman pour étrenner Mémère Beaussart et Pépère Joseph à Saint-Venant de l'autre côté du pont au-dessus de l'eau. Bonne année, bonne santé. Je grandis sans le savoir. À Deûlémont, j'ai mon vélo, le mien. Pépé Léon prend sa burette et graisse ma chaîne. Lui aussi il a beaucoup d'histoires de sa vie mais il n'est pas malade. Pourtant il entendait siffler les balles et son adjudant surveillait dans l'assaut. On ne recule pas devant les Boches. L'attaque et un verre de genièvre dans les tuyaux du sang pour devenir fou enragé au milieu des obus qui tombent du ciel. Il me raconte tout souvent. Il s'est battu tout partout même près d'ici. Je connais les histoires dans mon cœur et Mémère Germaine était dans l'attente avec Maman dans sa poussette. Moi je ne connais pas ces choses dans l'enfance. Je suis dans mon innocence, une petite fille de longue date.

4

C'était l'heure de la récréation à l'école publique de Deûlémont. Les piaillements des enfants franchissaient aisément le simple vitrage des fenêtres. Elles dataient du temps où ses grands-parents habitaient ici, et un moment, Mauricette avait évoqué l'idée de les faire remplacer. Et puis elle avait sûrement trouvé une autre façon d'utiliser les fonds de son modeste bas de laine.

Avant de se plonger dans la relecture des *Lettres de l'asile,* Christophe alla dans la cuisine pour se faire une tasse de café. Dans les éléments de formica, ni café moulu, ni café instantané. Mauricette achetait encore son café en grains et son moulin à café n'était pas un simple objet décoratif propre à éveiller la convoitise d'un brocanteur. Christophe recula devant la complexité de la tâche et se contenta d'un verre d'eau pris au robinet de l'évier.

Oui, Mauricette était ainsi ; sachant manipuler un ordinateur mais refusant la cafetière électrique, utilisant un appareil photo numérique, mais rejetant toute allégeance à quelque chaîne télévisée. Cette attitude qu'on pouvait croire militante était une simple question de discernement et de goût personnel.

Au cours d'une phase dépressive, elle avait même expliqué la supérieure efficacité de la locomotive lancée à toute allure comme auxiliaire du suicide. « Tu avales des médicaments, on te lave dans l'estomac ! Tu te jettes à l'eau, on te repêche comme une carpe ! Mais si tu embrasses le nez du TGV, tu seras aussi dispersé que les ossements d'Osiris ! »

Christophe ne la voyait pas essayer le suicide. Il pensait qu'au moins une de ses personnalités manifesterait de la répugnance à cette idée. À voir l'aisance digne d'un caméléon avec laquelle elle passait de la vieille dame acariâtre à la petite fille, de l'érudition à la bêtise, de la bonhomie au sarcasme, il lui avait dit un jour : « Tu n'es pas schizophrène, tu es polyphrène ! » à quoi elle avait répondu par une imitation de grognements accompagnés de raclements de gorge et de crachats sur la terre du jardin.

La récréation n'avait pas duré longtemps. Le calme était revenu. Christophe retourna s'asseoir dans le fauteuil pour lire, remonter le temps, remonter vingt ans. Dès les premiers mots, il retrouva l'émotion qui avait été la sienne en recevant ces pauvres phrases décousues, cette syntaxe torturée, un parallèle à la douleur invisible qui vrillait le mental tout entier, continuellement.

Mauricette demandait l'explication, voulait connaître le pourquoi du chagrin. Elle était toujours au bord de la flagellation, de l'auto-mutilation, avec un regard scalpel, regard laser fixé sur le détail révélateur de la misère humaine, le gravier dans la chaussure, le bout de pain mouillé à l'orée d'une narine, ou la couleur bleutée du liquide vaisselle. Elle se conduisait dans l'univers moderne comme une femme des cavernes. Une femme d'avant l'invention des horloges et des tranquillisants. « Je marche avec les yeux au plafond. »

Le regard brouillé de larmes, il replaça les *Lettres de l'asile* dans la bibliothèque. Il ressentit le besoin d'agir. Il n'avait pas vraiment d'obligations légales, mais moralement, il se sentait responsable, et du bien-être perdu de Mauricette, et des ennuis à venir.

Les faits parlaient d'eux-mêmes ; après la fugue de décembre 1989, il était resté sans nouvelles pendant sept ans. Puis, il y avait eu la lettre envoyée à une émission diffusée sur Radio-Banquise, radio locale d'Isbergues. Cette émission, *L'Hécatonstyle gazouilleur*, au titre on ne peut plus dadaïste, était réalisée avec beaucoup d'humour par une joyeuse équipe de lycéens férus de musique et de littérature. Ils pratiquaient entre eux et aussi par courrier avec les auditeurs une manière de jeu oulipien consistant à écrire une histoire incluant un certain nombre de phrases ou d'expressions tirées au hasard de quelque obscur roman de gare.

« Nous allons vous lire maintenant le texte qui nous a été envoyé cette semaine par Mme Beaussart Mauricette, que nous remercions de sa participation... » Lorsqu'un soir de mai 1996, Christophe Moreel entendit cette phrase, son cœur sauta dans sa poitrine. À la fin de la lecture, il n'avait plus de doute. Mauricette était revenue dans le monde et lui faisait signe par les ondes.

Il n'était cependant pas au bout de ses surprises car la semaine suivante, une autre participante avait réagi au texte de Mauricette. C'est ainsi qu'il découvrit l'existence d'Alfonsina Vandenbeulque, confidente de Mauricette pendant son séjour à l'Hôpital psychiatrique de Saint-Venant.

D'après le texte lu à l'antenne par un des animateurs, Alfonsina semblait avoir été assez proche de Mauricette pour avoir reçu de sa part des informations expliquant sa disparition. Peut-être même connaissait-elle son refuge ? Tout bêtement, à l'aide du minitel, Christophe trouva l'adresse d'Alfonsina. Elle vivait à Isbergues avec sa mère dans une maison de coron.

Il se présenta comme un ami de Mauricette et fut accueilli de la manière traditionnelle, dans la cuisine, avec une tasse de café et des speculoos. Alfonsina Vandenbeulque était une femme d'une cinquantaine d'années, très volubile, très chaleureuse. Sa mère était au moins aussi bavarde qu'elle et le visiteur n'eut quasiment pas le loisir de poser de questions ou de parler un peu de lui. Après la troisième tasse de café, il avait accumulé beaucoup de renseignements sur la famille et la vie douloureuse d'Alfonsina.

Elle était née en 1948 à Isbergues où son père travaillait aux laminoirs de la tôlerie. D'où sa présence dans cette maison ouvrière. En 1966, étant enceinte, elle dut épouser Michel Vandenbeulque. Son mari, qu'elle avait rencontré au Ritz, le dancing d'Isbergues, était le fils d'un commerçant d'Armentières. Elle y avait longtemps vécu, tenant la caisse de la quincaillerie Vandenbeulque.

L'après-midi avançant, Christophe apprit d'autres détails. Le bébé d'Alfonsina était mort-né après un accouchement extrêmement difficile.

« Je n'ai pas pu avoir d'autre enfant. Jamais. C'était difficile. Je n'avais pas le moral. Michel était gentil. On s'entendait bien. Mais j'étais comme rétrécie dans ma vie, vous savez, comme un manque. Alors j'étais distraite, je me trompais dans les opérations de la machine à calculer. Je pleurais dans le magasin. Michel a dû embaucher quelqu'un. J'étais abonnée à *Sélection*. J'arrivais encore à lire.

— Ah çà ! intervint la mère, elle a toujours aimé la lecture. Quand elle était petite, on pouvait crier cinq fois “À table !” avant qu'elle s'arrête pour poser son livre et venir manger, et même en mangeant, elle continuait à lire les étiquettes des bouteilles, les papiers d'emballage, les ingrédients.

— Oui mais ce que je préférais quand même, c'était la poésie. J'en avais appris par cœur à l'école et au collège. J'aimais bien Émile Verhaeren, Albert Samain et Paul Verlaine. Et puis, le professeur de français nous avait raconté la vie de Verlaine et de son ami Arthur Rimbaud. Je m'en souvenais, et un jour dans la librairie sur la place d'Armentières, j'ai trouvé un livre de poche bleu clair avec les poésies de Rimbaud. Ah, il y avait des trucs culottés là-dedans mais ça me plaisait, même si je ne comprenais pas tout. Alors je me suis dit que moi aussi j'allais écrire des poèmes. Et voilà une chose qui m'a vraiment fait du bien.

— Et vous écriviez quel genre de poèmes ?

— Eh bien, justement, des poèmes comme Rimbaud. C'est-à-dire, j'en choisissais un que j'aimais bien, par exemple *Ma bohème,* et je le recopiais. Alors sur la page d'en face, j'écrivais le mien pour lui ressembler, comme *Mes troènes,* vous voyez. C'était comme si je marchais dans les chaussures de Rimbaud. »

Christophe s'était rendu compte du handicap d'Alfonsina lorsqu'il l'avait suivie dans le couloir à l'entrée de la maison. Elle boitait. La mère et la fille lui parlèrent du drame vécu en 1988.

Comme chaque année, en septembre, le couple Vandenbeulque était en visite à Isbergues chez les parents d'Alfonsina à l'occasion de la ducasse. Fête foraine tragique puisque la voiture du Circuit des Cimes dans laquelle Michel et Alfonsina se trouvaient se détacha et vint s'écraser sur la cabine de billetterie. Michel Vandenbeulque était mort dans la soirée et Alfonsina, qui portait de nombreuses blessures et dont les deux jambes étaient brisées, avait été hospitalisée. Après des mois d'hôpital, la chirurgie, les plâtres et de longues séances de rééducation, cette succession de malheurs ayant affecté son équilibre mental, elle avait été soignée à Saint-Venant. Elle y avait rencontré Mauricette. Les deux femmes s'étaient liées d'amitié.

« On m'avait placée dans le même pavillon qu'elle. Pavillon B.

— Elle vous parlait souvent ?

— Oh pas trop, du moins au début. Sinon, quelquefois, elle s'adressait à n'importe qui, mais en général, personne ne comprenait. Elle marchait en bougeant la tête et elle grinçait des dents. C'était bizarre. Quelquefois, elle se mettait en colère et elle criait en vous tirant par la manche du pull-over.

— Et c'était toujours comme ça, incompréhensible ?

— Non, à force de prendre les médicaments, elle s'est calmée. Il avait même été question de sismothérapie.

— Qu'est-ce que c'est ?

— Ah, des électrochocs. Mais c'est fini tout ça. Les médicaments sont plus forts. Et puis Mauricette était obéissante. Elle ne recrachait pas.

— Et comment vous êtes devenues amies ?

— À cause des poèmes ! J'en écrivais. J'avais recommencé à écrire d'après Rimbaud. Il y avait un moment qu'elle était là quand je suis arrivée. C'était en 89, pendant l'été. Petit à petit, elle a retrouvé le goût de lire ; elle avait un exemplaire de son livre de lectures de l'école primaire, un gros livre vert tout décollé. Et ensuite elle a emprunté les *Fables* de La Fontaine à la bibliothèque des malades. "L'onde était transparente ainsi qu'aux plus beaux jours." C'était une phrase qu'elle disait souvent, elle l'aimait beaucoup. Quand elle a vu que j'écrivais des poèmes, elle a voulu les lire. Elle connaissait aussi des poèmes de Rimbaud par cœur. *Le Bateau ivre*, je m'en souviens.

— Et elle écrivait aussi ?

— Seulement des lettres, je crois. C'est elle qui m'a donné l'idée de faire un poème d'après *L'Éternité*. Vous savez, "Elle est retrouvée, quoi ? L'éternité". Et donc j'ai écrit, mais c'est elle qui m'a soufflé. J'ai écrit un poème sur l'Éternit, vous voyez, les plaques ondulées en fibrociment.

— Elle avait retrouvé son humour !

— Oui, quelquefois, on riait bien ensemble. Et puis ensuite elle redevenait triste, longtemps. Mélancolie profonde, comme disaient les docteurs.

— Et quand elle est partie, en décembre 1989, elle vous avait dit ce qu'elle allait faire, où elle irait ? »

Alfonsina mit la main devant la bouche et releva un instant la tête en fermant les yeux avant de répondre.

« Non, rien du tout, c'était secret. Mais j'ai reçu du courrier. Ici, au printemps 90. Après tous mes malheurs, après que j'étais guérie. Je suis revenue vivre avec ma mère en attendant que tout soit réglé, pour l'héritage et au tribunal. C'est un gérant qui s'occupait de la quincaillerie à Armentières. Alors oui, j'ai reçu une carte postale, une photo de cabine téléphonique rouge. Le cachet était de London, Londres quoi. J'ai reconnu son écriture. C'était juste écrit : *"I am alive and well in London. Mauricette."*

— Alors là, vous m'apprenez quelque chose ! Elle m'a écrit une dizaine de lettres pendant l'année 1989, mais après plus rien. Comme je vous ai dit en arrivant, j'ai entendu son texte et puis le vôtre à la radio. J'ai cru à son retour. Elle est donc vivante ! Vous avez une idée de l'endroit où elle pourrait être maintenant ?

— Oh ! la, la, monsieur ! Qui l'aurait cru capable de se retrouver à Londres ? Alors vous imaginez maintenant. Six ans après ! Elle pourrait aussi bien être à Rome ou à Oslo !

— Non, je ne pense pas. Les gens de la radio m'ont dit que sa lettre avait été postée à Lille.

— Alors, elle serait revenue dans le Nord... Remarquez, elle m'avait parlé de sa grand-mère,

Mémère Germaine, qui lui avait appris à tuer des lapins. Si ça se trouve, elle est par là. C'était pas loin d'Armentières, à Deûlémont, il me semble. »

Deûlémont, effectivement. C'est là qu'elle était revenue, sur les lieux de son enfance, de la part heureuse de son enfance. Là que, finalement, Christophe l'avait retrouvée, qu'ils avaient renoué les fils presque dix ans après.

Je ne peux pas rêver que je suis morte à jamais. Je ressuscite pour visiter toutes les places de mon corps qui a souffert et grandi dans l'usure. Pépère Joseph me le disait : « La terre est basse. » J'ai une arbraquette avec un manche poli pour déduire les betteraves dans les longs sillons du champ pour les vaches et les lapins. Des espèces de sabots en caoutchouc comme des pneus autour de mes pieds de chaussettes grises. La sueur coule entre mes jambes et au long de mon dos dans le creux des épaules. Je suis tordue et je marche dans la boue ou dans la chaleur d'avant l'orage. Les petites bêtes noires se collent dans mes boucles de cheveux. Je me démange en grattoir. Mes yeux coulent des larmes de sueur piquante. C'est avec ce cahier un souvenir agréable de l'école du village. Celle des fables et de la poésie de Victor Hugo. J'avais compté sur mes doigts les pieds et trouvé des rimes. Toutes les poésies sont perdues mais j'avais du goût à les écrire en recopiant dans un plus petit cahier à deux lignes toute ma langue tirée de la bouche sur le côté dans l'application. Je gardais secrets mes alexandrins. Je me sou-

viens de celui-ci : « L'orage grondait comme des billes d'acier. »

Je suis assise dans la cuisine avec le moulin à café sur les genoux. Je tourne et tourne comme le moulin du meunier qui dort. J'entends le grincement des grains et la petite poudre fine noire qui tombe toute seule dans le tiroir en bois. Je ne regarde pas mes mains, une serrant la poignée et l'autre en crochet autour du moulin fermé. J'entends le grincement et dans mon fond, je crois que je n'existe pas. Je tourne mais je ne suis pas là. Je passe à travers le sablier comme de la poussière. Puis un drôle de bruit qui secoue. Le moulin a glissé de mon genou. Le tiroir est répandu sur le carrelage rouge dans la cuisine et je crie très fort.

J'ai mon deuxième grand-père à Deûlémont, c'est Pépé Léon avec Mémère Germaine, pas loin de la frontière du tabac et de la bière qui fait faire des renvois. Je suis partie d'Haverskerque dans l'autobus Citroën. À Bois-Grenier quelqu'un s'est assis sur le capot du moteur dans l'autobus. Je lis toutes les indications de l'autobus comme aussi la défense de cracher et de parler au conducteur. Le fauteuil à barres de chrome et velours marron vibre. J'ai comme envie mais il faut attendre l'arrêt devant l'estaminet et demander la cour pour un soulagement. Tous les gens voulaient aller à la Fête des Nieulles mais l'autobus était plein. Ils levaient les bras dans la colère quand le chauffeur ne s'arrêtait pas et lui aussi levant les bras dans le ciel comme un prêtre qui me tourne le dos dans sa blouse marron. Mon cœur de petite fille était pincé pour les malheureux qui ne pouvaient pas monter dans l'autobus. J'étais dans l'angoisse sans connaître le mot. Ils étaient malheureux et moi je ne pouvais plus exister. Je fondais sur mon siège.

Je ne sais pas pourquoi je suis ici de temps en temps. Je viens à cause du docteur Dufour dans son cabinet à Deûlémont. Il m'envoie quand je suis triste. Si je pleure sans éplucher des oignons, juste en m'apercevant dans la glace. Je le dis. Je ne le répète pas. Et puis il sait que je note des choses dans mon journal. C'est un autre docteur celui-là. Il n'est pas psy. Il est général. Mais ils se connaissent bien, et moi aussi. On me connaît bien ici dans le Secteur. Je reste tranquille. Je ne fume pas. Je ne bois pas de bière. Je prends mes médicaments. Je réponds aux questions. Je suis juste à me méfier. Attendre que la boule revienne sans le vouloir remplir ma gorge. Je crains. Mais j'accepte de raconter mon histoire pour M. Demolins et Mme Delaleau. Je lis son nom sur la porte E. Delaleau. L'histoire de ma petite fille, mais c'est moi. Je suis ma petite fille. Et puis je dirai aussi lorsque je devins demoiselle. Je ne savais pas. J'aurais voulu rester petite. Je suis restée petite dans ma tête. Mais ça se remplit quand même.

Dans ma première école, la religieuse en noir de l'Enfant-Jésus m'interroge et me fait chanter que Jésus portait Sa croix sur Ses deux épaules en allant à l'école. Quand Il savait Ses leçons, on Lui donnait des bonbons. Alors moi aussi j'ai souffert, avec par exemple des petits graviers pointus de la route dans mon soulier. C'était après l'enterrement de Maman. J'étais grande pour aller à l'orphelinat. Et j'étais devenue la petite maman d'Émile. J'avais des engelures dans la peau de mes mains pour nettoyer les couches dans l'eau savonneuse. Il pleurait dans mes oreilles. Je pense à la brosse de chiendent. Ici tout est dans des chariots en aluminium inoxydable brillant. Je fourre mon nez dans les serviettes de bain moussantes en coton bouclé. Quelle douceur !

5

En mai 1996, après sa rencontre avec Alfonsina Vandenbeulque, Christophe Moreel médita sur son attachement à Mauricette Beaussart. De fait, il ne l'avait fréquentée que le temps d'un printemps, d'avril à juin 1988. Ensuite, il y avait eu, l'année suivante, cette correspondance, la dizaine de lettres qu'elle avait envoyées de l'hôpital. Puis plus rien, le grand silence.

Pourquoi avait-il été bouleversé en entendant son nom cité à l'antenne de la radio locale ? L'avait-il cru morte ? Une chose était sûre : il ne l'avait jamais oubliée. Comment oublier cette femme, ce mélange de classicisme et de sauvagerie, de manières aristocratiques et de rusticité ?

Comment oublier son intérêt pour la technologie moderne et son apologie de la simplicité ? Et puis cette gourmandise pour toutes les formes du discours. Pouvait-on dire qu'une forme d'amour les unissait ? Alors, c'était l'essence même de l'humanité, la parole partagée dans un mélange d'émotions, joie et souffrance, force et fragilité…

Dès le début de leur rencontre, Christophe avait senti la présence d'une énigme, une fissure cachée derrière les sourires. Quand il se trouvait avec elle, qu'ils bavardaient, il avait l'intuition d'une parenté, lui qui n'avait ni frère, ni sœur et dont les relations avec père et mère étaient simplement respectueuses. Oui, ils avaient des choses à découvrir, à aimer ou à détester ensemble.

Cela avait commencé par l'amour de la littérature, et plus précisément du cœur de la littérature, la poésie. Une poésie nullement livresque, mais vécue minute par minute, poésie du battement de cœur, du souffle, des éléments, poésie nouée à l'être et qui pouvait se confondre avec une forme de folie.

Christophe avait compris cela quand il avait reçu la première lettre de Mauricette après son internement, la syntaxe brisée, les mots tordus, la temporalité bousculée, les sons étouffés ou hurlés. Il savait grâce à Mauricette que la communauté des patients était aussi la communauté des poètes, voire la communauté des poèmes, puisqu'en fin de compte, la personne souffrante ou joyeuse devenait elle-même le poème.

Avant de se rendre une première fois à Deûlémont, Christophe Moreel retourna sur les traces de Mauricette Beaussart à Haverskerque et à Saint-Venant. Il avait déjà mené cette recherche, pas une enquête, il n'était pas détective, même si à un moment de sa vie, influencé sans doute par la lecture de Raymond Chandler, il avait envisagé d'une manière toute romantique de se lancer dans cette profession. Mais parce que pour lui la poésie touchait précisément au réel, il avait abandonné cette lubie.

Il travaillait en free lance comme traducteur. Il avait cependant un contrat avec les Éditions Charles-Quint qui publiaient en France des romans sentimentaux adaptés de l'anglais. Il réalisait aussi de temps à autre des enquêtes pour l'INSEE, consistant à se rendre chez des personnes qu'on lui désignait et à remplir avec elles les questionnaires les plus divers destinés à alimenter les tableaux de statistiques. Ces deux activités lui apportaient un revenu modeste qui convenait à son mode de vie.

Plus jeune, mais moins courageux et moins sportif que Mauricette, d'Isbergues à Saint-Venant, il prit l'autobus et passa devant l'ancienne ferme Beaussart où avaient habité les grands-parents de son amie, morts depuis. La ferme était devenue une fermette, aux murs rejointoyés, avec des fenêtres en pvc et une boîte aux lettres en forme de petite maison accrochée à l'un des trois bouleaux du parterre de gazon ras. Christophe enregistra cela machinalement. Il eut le temps de penser qu'il n'y avait pas de nain de jardin.

Plus loin, on apercevait le Centre hospitalier

spécialisé qui procurait au secteur un nombre conséquent d'emplois. Après être descendu du bus, Christophe poussa à pied jusque-là. Il s'arrêta devant le bâtiment du concierge à l'entrée. Il contempla la chapelle, imagina Mauricette en lévitation à l'intérieur, puis repartit vers le centre du village.

Mauricette avait habité un appartement de deux pièces au-dessus de la boulangerie sur la place de l'Église. Il n'y était jamais entré. Il leva les yeux. Deux hirondelles se croisèrent au-dessus de lui. Une jardinière de pétunias défraîchis était accrochée au châssis d'une fenêtre.

Il continua à marcher, la tête pleine d'images et de sons. Il franchit le pont au-dessus de la Lys, passant d'un département à l'autre. Longue ligne droite jusqu'au village voisin, Haverskerque. La petite église carrée où Mauricette avait été baptisée en 1933. Au loin, la sombre forêt de Nieppe. Christophe erra dans les rues du village coupé en deux par l'ancienne RN 16 de Paris à Dunkerque. Il n'avait jamais découvert où précisément se trouvait la maison des parents de Mauricette, la maison de son enfance. Il entendait cependant les sanglots angoissés de la petite fille. La soirée était douce. Il décida de rentrer chez lui à pied très lentement.

Aujourd'hui, son chez-soi avait changé. Il louait à Comines un appartement au premier étage d'une maison ancienne à deux pas du beffroi et du pont sur la Lys. De l'autre côté, c'était la

Belgique. Il s'était installé là après ses retrouvailles avec Mauricette Beaussart et n'avait plus bougé. Son travail de traducteur pouvait être effectué n'importe où et, depuis quelques années, l'arrivée de l'ADSL avait encore facilité les choses pour les gens comme lui qui travaillaient à domicile. L'appartement était bien éclairé et suffisamment vaste pour accueillir sa bibliothèque et sa collection de vinyles.

Pendant l'été 1996, il était parti d'Isbergues un peu à l'aventure à la recherche de son amie. Train pour Hazebrouck, puis changement pour Armentières. La possibilité d'emmener son vélo à bord des trains régionaux facilitait les déplacements. D'Armentières à Deûlémont, il avait roulé sous un large soleil.

C'est à la mairie qu'il trouva son renseignement. Effectivement, une dame Beaussart habitait depuis trois ans la commune, au numéro 23, rue des Processions, presque en face.

Tout se passa simplement. Il frappa. Elle vint lui ouvrir. Ils se reconnurent. Un grand sourire éclaira leurs visages. Ils s'embrassèrent. Mauricette l'invita à entrer. Elle fit du café et lui raconta les péripéties des sept dernières années, le départ de Saint-Venant avec l'argent donné par Alfonsina, révélation qui fit hausser le sourcil à Christophe, ensuite, l'installation à Londres où comme Rimbaud autrefois, elle avait donné des cours de français tout en fréquentant la bohème de Portobello. Et enfin ce retour à

Deûlémont dans la maison qu'elle avait héritée de ses autres grands-parents.

À aucun moment, Christophe ne ressentit les traces d'un désordre mental, que ce soit dans la parole ou dans les attitudes de Mauricette. Il semblait que tout cela avait été gommé. Il la retrouvait, certes un peu vieillie, mais dans la même disposition d'esprit que lorsqu'ils avaient étudié ensemble les rudiments de l'informatique. Cependant, il avait toujours conscience d'un secret. Il sentait, il savait que Mauricette cachait une ou plusieurs blessures et qu'un jour ou l'autre, les cicatrices, les stigmates se remettraient à saigner.

De retour chez lui, il avait pris la décision de quitter définitivement Isbergues où rien, ni personne, ne le retenait. Il avait d'abord pensé s'installer à Armentières à cause de la présence de la ligne SNCF Lille-Dunkerque, mais finalement, ce fut Comines, sans doute parce que les loyers lui parurent moins élevés et que les transports en commun y étaient aussi faciles d'accès. Mauricette et lui se virent assidûment chez l'un ou chez l'autre, en France ou en Belgique, ayant cette habitude de traverser la Lys pour prendre un café « Au Pont Bleu », un estaminet du pays voisin.

Elle passait beaucoup de temps à lire, à écrire et à faire pousser quelques fleurs et légumes à l'arrière de sa maison, dans ce qui restait du champ autrefois cultivé par ses grands-parents.

La majeure partie en avait été vendue au profit d'un lotissement créé par un promoteur immobilier. Occasionnellement, elle se rendait à Lille, allait chiner des livres chez les bouquinistes de la Vieille Bourse.

Avec Christophe, elle riait des âneries romancées qu'il était parfois amené à traduire, voire réécrire pour les Éditions Charles-Quint. Ils s'invitaient aussi mutuellement une fois par mois pour des repas cuisinés à la maison, ce qui ne les empêchait pas de conserver chacun un jardin secret. Mauricette ignorait ce que Christophe allait faire certains soirs à Lille rue de Gand ou de Courtrai et de même, il ne savait pas que Mauricette pleurait la nuit en regardant des photos racornies et jaunies, aux bords dentelés.

On avait passé le cap du millénaire et il n'était rien arrivé de notable dans le monde, tout continuait vaille que vaille dans le roulis du temps. Un jour de mars 2000, Christophe Moreel qui rentrait chez lui, après une promenade dans l'ancien chemin de halage, aperçut son amie qui sortait d'une maison dans la rue principale de Comines. Elle lui tournait le dos, se dirigeant vers la place de l'Hôtel-de-Ville, l'arrêt de la ligne 82, direction Deûlémont. Il la reconnut au cabas vert en simili-paille qu'elle avait coutume d'emmener partout avec elle en guise de sac à main. Christophe vit le bus arriver et s'arrêter. Mauricette monta.

La curiosité le guida jusqu'à l'entrée de la

maison d'où elle était sortie. C'était au 30, rue de la République, une belle habitation bourgeoise, briques et pierres blanches, hautes fenêtres traditionnelles. En surplomb au premier étage, sous l'avancée ouvragée du pignon, une grande porte-fenêtre s'ouvrait sur un balcon agrémenté d'une grille en fer forgé. À gauche de la porte d'entrée en chêne massif, une plaque de pierre gravée sur laquelle Christophe lut : « Le Cèdre Vert, Hôpital de jour ».

Le ciel chiffonné, une nappe de taches quand on a fini de manger, longue nappe tendue de tristesse dans la fin des choses dans les horizons. Gouttes de café vin bière chocolat qui criblent mes cheveux et mon tablier sans me déshabiller. Je ne nage pas dans la chambre d'hydrothérapie ou alors toute seule avec mon maillot de bain une pièce pour soutenir mon ventre et mes vieilles fesses. Toute l'eau sale de la Lys est le linceul. On ne crie pas dans les poumons bulles et remous. Je n'y suis pour rien. Je ne pouvais rien. Ma main juste collée sur ma bouche dedans. C'est trop froid. Les chaussures lourdes. Je suis revenue un autre jour avec ma gerbe de glaïeuls. Étalés sur l'eau comme un jeu de mikado. Perdu ! Encore perdu ! Mea culpa, mea maxima culpa.

Je ne peux pas parler de Papa. Pas Papa. Il voulait mon bien peut-être. Les religieuses sont venues pour Mémère Beaussart dans l'asile de Saint-Venant. Je suis plus grande. Je suis une femme. Je me donne la main. La psychiatrie me soigne et me fortifie. Je pense. Il faut que je raconte sérieusement tout ce que je connais dans ma vie. Je fais un gros tas de vie. Pour le docteur Demolins et pour Mme Delaleau. Leur contentement me soulage dans la souffrance. C'est quelque chose que je n'explique pas. Je sais bien que c'est du bavardage. Le bavardage du stylo-bille. C'est une langue qui ne fait mal à personne. On m'apprend l'inexistence du temps. Et moi je change de calendrier et même en passant à l'heure d'été l'été et l'hiver l'hiver. L'agenda trouvé dans le cimetière.

Dans le réfectoire je me souviens du vin Mariani. C'est Mémère Germaine qui était fortifiée. Ici c'est de l'eau de la source cristalline souterraine. Je me lève dans la nuit malgré le mélange dans ma tête de tous les noms des vieux et des nouveaux médicaments de Lithium Valium Tranxène Théralène Risperdal Tercian Imovane Rhypnol Stillnox celui-là me fait penser à Victor Hugo combien de marins de capitaines et ceux qui passent dans la passoire, ma mémoire de trous.

Le jardin de Pépé Léon est le cimetière avec tous les morts pommes de terre. Les grosses pommes de terre des grosses mortes pour les frites et les petites pommes de terre sont les petits morts des enfants anges montés au ciel même dans l'eau de la rivière. C'est leur baptême les pommes de terre à l'eau et mélange dans la boue pour ouvrir encore les yeux au vrai jour. C'est ma religion, je me bricole. Je me tricote. Visite à la blanchisserie de l'amidon et du bleu en savon noir mou. Les pommes de terre, ce sont les morts.

Je l'entends qu'il dit qu'elle n'a pas accédé à la castration. Je trouve la bizarrerie. C'est moi la bizarre. C'est loin tout ça. Mais c'est juste au-dessus de moi, au-dedans de moi. Émile était mouillé dans son lit mais il ne mettait pas le feu et les animaux comme des mouches ou des vers de terre ne crient pas du tout. Ne crient jamais. Je ne digère pas de la terre. Je peux en avaler mais c'est dans l'inadvertance. Ici je suis bien soignée. Elle s'appelle Émilie. J'ai demandé : Émilie Delaleau. Je suis dans les petits soins avec tout le monde toujours depuis longtemps et encore aujourd'hui. Les traces finiront par s'estomper. Je gomme avec la mie en regardant dessous les yeux de cet homme qui bleuissent en pleurant. Lui il ne renverse pas le café.

Je passe en discrétion le long du mur du couloir. Taches de chewing-gum mégots ocelles crottes de chien crachats boîtes d'aluminium écrasées tickets de métro Transpole. Je piétine, pas bon pour ma circulation. Je suis gênée dans le bas. Mon mollet est une porte pour la phlébite mais je marche sans bâton. Le mauvais sang noir monte grimpe dans mes poumons. Je m'étouffe l'air humide dans l'eau courante. Plus jamais les autos-tamponnantes, la phobie d'Alfonsina, la dormeuse dans la vallée. Je préfère m'asseoir dans le côté dans le couloir. C'est plus libre surtout si je veux aller aux toilettes. Ici je fais attention au couvercle et franchement, je n'aime pas que la lunette soit levée quand j'entre dans la petite maison. Les hommes devraient la remettre en place mais je pense que la lunette n'est pas mouillée par toutes les gouttes qui sortent de leur tuyau. L'hygiène a de l'importance.

J'oublie des péripéties de la vie de la mienne et la sienne. Je n'aime pas les raconter. Ce n'est pas du hasard Émile Émilie. Je les fais circuler à l'intérieur de moi, mon corps je veux dire : noyade dans l'estomac, accident au genou, mort subite dans le bras gauche, cancer dans la rétine, boyaux rouges. L'innocence perdue avec des cheveux gris. Mon fauteuil me tend ses bras. Avec des kilomètres de mots dans le stylo. Je suis tes ordres, madame. Tu es ma soignante. Je suis ta soignée.

6

À l'origine, bien avant la sectorisation, la « Clinique » avait été ouverte pour accueillir une clientèle aisée et choisie, souvent originaire de la capitale. Une sorte de secteur privé, en hospitalisation libre, avant l'heure. Ceci explique le pourquoi d'une entrée particulière avec une grille monumentale et cette architecture au style soigné qui, dans l'esprit de Christophe, faisait penser aux énormes villas visibles à Torquay, dans le Devon, sur la côte sud et chic de l'Angleterre. Caractère de villégiature accentué par la décoration florale et au fronton du bâtiment, l'inscription gravée : « Les Tilleuls ».

Le 18 août 2008, Mauricette et Christophe étaient devant le perron de la « Clinique » ainsi que l'indiquait le panonceau fixé au mur à gauche de l'entrée. Ils gravirent les marches de pierres bleues. La porte vitrée n'était pas fermée à clé. Sur le grand paillasson à l'entrée, Mauricette se frotta machinalement les pieds tout en levant les yeux vers le haut plafond. Christophe regardait sur le mur à gauche un immense tableau très coloré, d'inspiration naïve, qui lui rappela immédiatement les toiles d'artistes bruts comme Augustin Lesage ou Joseph Crépin. Le carrelage ancien lui fit le même effet avec ses fleurs stylisées. Encore deux marches de marbre et en face d'eux s'amorçait le large couloir lumineux du secteur hospitalisation. La porte du bureau d'accueil était ouverte. Mauricette et Christophe s'avancèrent.

Deux infirmières en blouse blanche les reçurent. Celle qui était assise à la table se leva et les invita à entrer. Christophe guida Mauricette vers la chaise la plus proche. Elle ne disait toujours rien mais elle s'assit sans problème. Christophe s'installa près d'elle. La seconde infirmière était debout dans le fond de la pièce près de la fenêtre.

Le bureau infirmier de l'accueil général avait prévenu la « Clinique » de l'arrivée de Mme Beaussart. Le classeur contenant le dossier de Mauricette était posé sur la table entre l'ordinateur et le téléphone. Son épaisseur surprit Christophe, lequel ignorait que l'historique des traitements, entretiens et observations avait précisément commencé lorsque Mauricette avait franchi pour la première fois quelques années auparavant la porte de l'hôpital de jour, à Comines. À cela s'étaient ajoutés les éléments concernant ses deux précédents séjours à la « Clinique ».

Geneviève Depoorter commença l'entretien d'accueil en vérifiant les données d'identification. Christophe répondit en lieu et place de Mauricette qui continuait de se taire. Elle serrait contre son cœur le cabas qu'elle avait placé sur ses genoux ; son visage blafard et fermé apparaissait dans l'arc de cercle formé par les poignées du sac. « Qu'est-ce que vous avez dans votre sac, madame Beaussart ? », dit soudain la seconde infirmière qui se tenait derrière eux. Mauricette éleva son cabas au-dessus de sa tête et tout à coup le retourna. Une avalanche d'objets incongrus tomba sur le sol. La première seconde de surprise passée, Geneviève éclata de rire. Christophe s'était déjà levé pour ramasser les affaires de Mauricette.

« Laissez ça, monsieur, on va s'en occuper, dit Roseline Duponchelle, la seconde infirmière.

— On va en profiter pour commencer l'inventaire ! ajouta Geneviève.

— Comment ça, l'inventaire ? demanda Christophe.

— Voyez-vous, monsieur, cela fait partie des formalités d'entrée dans l'établissement. Nous dressons un inventaire des possessions de chaque patient. Tous ses objets personnels, son linge, ses affaires de toilette, tout ce qu'il y a dans cette valise, et aussi ce que porte Mme Beaussart, ses vêtements et bijoux.

— Ah oui, très bien ! Et son argent ? ajouta Christophe en désignant le porte-monnaie en plastique orange qui s'était arrêté près de son pied gauche.

— Pour l'argent, nous allons voir ça maintenant en votre présence. Et nous vous le confierons. Étant donné l'état actuel de Madame, elle ne l'utilisera pas tout de suite. Quand elle ira mieux, vous pourrez déposer son argent à la régie du Centre social, où elle le retirera selon ses besoins. »

Pendant cet échange, Mauricette toujours assise s'était mise à chantonner une espèce de comptine parodique sur un air de chant grégorien. « Un marron et un marron, ça fait deux marrons. Deux marrons et un marron, ça fait trois marrons. Trois marrons et un marron, ça fait quatre marrons. Quatre marrons et un marron, ça fait cinq marrons… » ad libitum…

Dans le fouillis éparpillé, Christophe ramassa le porte-monnaie et en vida le contenu sur la table. Il contenait deux billets de 10 euros pliés en quatre et six pièces de 50 centimes. Il mit le tout dans la poche de poitrine de son blouson. L'infirmière lui demanda ensuite de sortir de la pièce car avec sa collègue, elles allaient procéder à l'inventaire.

En attendant, Christophe retourna dans le hall où il examina le plan d'évacuation du rez-de-chaussée, notant la disposition parfaitement symétrique des bâtiments de la « Clinique » avec ses deux ailes et la partie centrale dans laquelle il se tenait. L'image lui évoquait les maquettes d'avion qu'il avait assemblées dans son enfance. Il revint ensuite aux tableaux suspendus aux murs.

Pendant ce temps, les infirmières avaient, sous les yeux de Mauricette qui continuait sa psalmodie, ramassé tous les objets épars sur le sol et maintenant disposés sur la grande table : le porte-monnaie vide, un exemplaire fatigué des *Fables* de La Fontaine en Livre de Poche, deux médailles (sainte Rita et Benoît Labre) fixées à un porte-clés publicitaire, un jeu de 32 cartes dans son emballage, un porte-cartes avec des photos, trois pinces à linge en bois, un tube de beurre de cacao, un carnet d'adresses, une pile ronde type R5, un mouchoir à carreaux violets et blancs repassé et soigneusement plié, cinq osselets en métal peint (quatre rouges et un gris), une mâchoire inférieure de lapin propre et sèche, un gant de pêcheur en caoutchouc vert et un crayon de bois à l'extrémité mâchouillée. Il restait juste assez de place sur la table pour les documents que Geneviève Depoorter remplissait.

Roseline Duponchelle replaça ensuite les objets dans le cabas de Mauricette. « Trente-neuf marrons et un marron, ça fait quarante marrons, quarante marrons et un marron, ça fait quarante et un marrons… »

Elles passèrent au contenu de la valise, notant tout ce que Christophe avait placé dedans à la hâte avant le départ de la maison. Elles sollicitèrent Mauricette, mais celle-ci était toujours cloîtrée dans son monde. Elles choisirent de ne pas l'importuner et décidèrent de terminer l'inventaire des effets qu'elle portait sur elle, lorsqu'elle serait dans sa chambre. En fin de compte, Christophe Moreel aurait pu rester dans la pièce. Geneviève ouvrit la porte et l'invita à rentrer.

« Monsieur Moreel, votre amie va maintenant être vue par le médecin. Ensuite, nous l'installerons dans sa chambre.

— Où ça ?

— Eh bien, étant donné son état, elle sera pour l'instant au rez-de-chaussée dans l'aile 7.

— L'aile 7 ! Je pensais qu'il n'y avait que deux ailes à ce bâtiment.

— Non, en fait il y a trois ailes. Deux à l'étage, l'aile 10 et l'aile 13, et celle du bas, l'aile 7. Sept, dix et treize, c'est le nombre de lits dans chaque aile.

— Ah bon ! L 7, L 10, L 13 ! L comme Lit ! »

Les deux infirmières le regardèrent comme si elles venaient subitement de découvrir une baleine échouée devant le perron de la « Clinique ».

Christophe s'assit de nouveau à côté de Mauricette qui continuait son marmonnement, mais de façon presque inaudible. Pendant ce temps, Geneviève Depoorter achevait de remplir la fiche de première évaluation qu'elle remettrait au médecin. En l'absence du docteur Demolins, ce serait le docteur Dejackerre qui la verrait d'abord.

Roseline Duponchelle renseigna Christophe. Il ne pourrait pas voir son amie dans sa chambre mais les visites étaient autorisées de 16 h 30 à 19 heures, et le week-end, de 14 heures à 19 heures. Ils pourraient même sortir ensemble dans le parc et se rendre à la cafétéria du Centre social. Il devrait toutefois attendre le feu vert de l'équipe soignante pour venir voir Mauricette ; le temps de faire tous les examens, de réaliser les entretiens et d'établir un diagnostic.

Mauricette serait donc provisoirement installée au rez-de-chaussée. Cette situation offrait à la patiente l'avantage d'avoir plus facilement accès à sa chambre dans la journée si elle souhaitait se reposer. L'inconvénient était que cette aile était l'aile « fermable » de la « Clinique », c'est-à-dire qu'en plus des personnes très âgées ou en observation, on y installait les patients agités pour lesquels une mesure de contention était parfois nécessaire.

Christophe se vit remettre un exemplaire du livret d'accueil contenant tous les renseignements utiles. Puis il se leva, posa les mains sur les épaules de son amie et lui dit au revoir. Le regard de Mauricette se perdait toujours dans les hauteurs du plafond de plâtre blanc. Christophe eut le cœur serré. Il prit congé des infirmières en les remerciant, sortit de la « Clinique » et retourna d'un bon pas, en longeant les pelouses, vers le bureau d'admission, à l'accueil général, pour terminer les formalités.

À la « Clinique », Mauricette entra dans le bureau du médecin. René-Victor Dejackerre travaillait depuis de nombreuses années pour le G18. Généraliste, il suivait les patients de la « Clinique », et aussi certains à l'inter-secteur, un pavillon commun à tous les secteurs, regroupant les personnes atteintes de troubles sévères, quasiment incurables. Son allure décontractée — il portait une barbe de quelques jours comme les mannequins masculins qu'on photographiait pour les publicités d'eau de toilette — était tempérée par le port d'un veston boutonné. Il se leva et accueillit Mauricette en lui tendant la main. Machinalement, elle répondit à son salut en dirigeant vers lui sa main ridée et tavelée. Il la serra avec précaution et entraîna la patiente vers la chaise qui faisait face au bureau. À sa gauche, une seconde porte donnait accès au bureau infirmier.

« Alors, madame Beaussart, vous êtes tracassée par quelque chose ? Des soucis ? » Mauricette le regarda, affermit sa prise sur les poignées de son cabas, ouvrit la bouche et ne dit rien. Le docteur se leva : « On va voir la tension. » Mauricette s'était mise debout spontanément. M. Dejackerre lui remonta la manche de sa robe de toile, lui enfila le bracelet du tensiomètre et le gonfla avec la poire. Les écouteurs du stéthoscope enfoncés dans les oreilles, il tirait la langue en écoutant avec attention. Il annonça machinalement les résultats pour l'un et l'autre bras, 13-8. Il écouta ensuite le cœur et la respiration de la vieille dame.

« Très bien, puisque vous êtes debout, on va en profiter pour vous peser. Vous pouvez monter sur la balance ? » Mauricette se retourna et grimpa sur le pèse-personne posé sur le sol à gauche de l'entrée. Le docteur dit : « Donnez-moi quand même votre sac, s'il vous plaît, sinon, vous allez vous trouver trop grosse. » Le timbre de sa voix avait sans doute une influence positive sur Mauricette puisqu'elle abandonna le cabas entre les mains du docteur Dejackerre. « Soixante-cinq kilos ! Vous faites moins que votre âge ! C'est parfait, vous pouvez vous asseoir. »

Il la regarda en souriant et commença à lui poser des questions :

« Est-ce que vous avez bon appétit ?

— J'ai un lapin, beau lapin, mais pas avec des marrons.

— Vous aimez bien le lapin ? Et vous le préparez comment ?

— C'est avec un fil électrique. Il se débat.

— Et votre sommeil ? Est-ce que vous dormez bien ?

— Non, non, ça m'étouffe, ici », dit-elle en se serrant la gorge.

Ce mouvement inquiéta le docteur qui aborda le sujet autrement.

« Qu'est-ce que vous prenez pour bien dormir ? »

Mauricette resta muette, fixant la grille de néons vissée au plafond du bureau. Le docteur décida pour ce premier examen d'abréger la séance. On reverrait la patiente plus tard. Manifestement, il faudrait quelques jours pour la stabiliser. Mauricette avait d'abord besoin de se reposer. Il prit quelques notes, rédigea une ordonnance pour les infirmiers, se leva et la raccompagna à la porte en lui serrant une nouvelle fois la main qu'elle tendait. Il la confia à une infirmière qui l'emmena vers sa chambre dans l'aile 7.

Quelquefois je cherche des mots pour les écrire mais rien ne vient dans mon crayon. C'est encore le grand type avec des poches sous les yeux. Il sent vraiment mauvais, pue le poisson mort. Je me déshabille avant d'avancer sous la pomme de douche et je fredonne une chanson d'Helen Shapiro Don't treat me like a child ! La pomme de terre ressuscitée passe à la casserole. Je vois clignoter cette phrase étrange étrange vois je clignoter cette phrase. C'est ma raison qui clignote. Je dois l'obéir. Celle qui ne s'est pas noyée. Ceux qui sont partis. Celui. Je ne me pardonne. C'est le journal de ma santé mentale. Un chapelet de poésie.

Pépé Léon achetait le tabac en Belgique de l'autre côté de la barrière. J'étais déjà passée ici devant l'hôpital. Des murs de briques rouges et le cliquetis des navettes dans le tissage de toile. Comines, Deûlémont, Houplines, Armentières. Les nuages se gonflent entre eux. Les arbres du parc se fouettent de leurs branches du vent. Les cyprès se parfument le long de leur macadam. Moi aussi je fais du ménage avec les produits. Il me racontait le temps où il jardinait pour l'hôpital, avec les malades qui poussaient sa brouette. La folie. La folie. Ici je suis dans l'île de la Lys qui commence comme l'acide. Pour lutter avec la douleur. Je pourrais faire comme Alfonsina de l'ancien temps d'écrire des poèmes sur les arbres du parc et les briques du pavillon, brique blanche, brique jaune, brique rouge, brique, brique, brique. Sur la route pour venir dans l'autobus avec Christophe, on passe à Frelinghien devant Jean-XXIII, c'est avant la mort, la morphine. La ligne 82. Il m'a porté ma valise. Il faut marcher un peu de la place Chanzy devant la « Clinique » et la grille. Heureusement, je ne suis pas ostéoporeuse. Mais Rimbaud lui avait des hallucinations. Les ateliers ce n'est pas mécanique, c'est du balatum pour dessiner, de la broderie et de l'encre noire et rouge. On ne peut pas décorer un lit-cage, dessiner des animaux qui rugissent.

Autrefois je n'étais pas seule à Deûlémont pendant les grandes vacances. Je recueillais les œufs après le chant de la poule. Mémère Germaine coupait mes tartines. Brossait mes cheveux. J'aime être encore une petite. C'est très dur maintenant. J'ai des fils dans les deux mains pour tout retenir, comme des chevaux devant la diligence. Il faut tout tenir ensemble.

Le carrelage est glissant mouillé luisant de verglas. Je vais doucement vers le bas. Je garde les pieds et les yeux par terre à cause de la pointe qui pique mon cœur. Je suis obligée d'attendre dans le noir pour lever ma tête. Je m'en fiche de la réalité. Complètement.

Pépé Léon sait jouer tout seul avec les trente-deux cartes sur la table. Il recommence sans arrêt. C'est lui qui m'a appris la patience. As roi dame valet dix neuf huit sept. La patience et la réussite c'est la même chose. Trèfle carreau cœur pique. Le rouge et le noir. J'écoute battre son cœur avec l'oreille collée à son bleu de travail. Il a du fumier à ses semelles de bottines. Des cigarettes roulées avec six doigts, les pouces les index les majeurs et un coup de langue pour finir. C'est redevenu pareil ici mais ils s'entassent devant la porte de mon parc. Je peux sortir en disant pardon dans le nuage de fumée. Je ne mets pas de rouge à lèvres et je peux passer entre les hommes. C'est comme exprès se verser du goudron chaud dans la gorge. Ils ne savent pas ce qu'ils font.

Il y avait même deux rangées de betteraves fourragères dans le jardin pour les lapins. Grand couteau pour les rondelles. Le jus de la blancheur. Mon doigt à travers le grillage. Ils me regardent en remuant les lèvres. Des poils arrachés pour faire un nid pour les petits. Un homme aussi s'arrache les poils. Je me presse les yeux. On disait le couteau à betteraves. Aussi le petit couteau pour les yeux des lapins. Mémère Germaine qui le faisait, l'enfonçait.

C'est Christophe qui signe les papiers. Il sait écrire aussi. Mais pas des poèmes. Il traduit. Il a des sous pour traduire. J'ai écrit beaucoup de pages, mais je n'arrive pas à suivre. Je sais trop de choses. Je ferme comme un robinet devant mes yeux. Trop de choses effroyables. J'ai fait du mal. Je dois raccorder mes nerfs. La Lys me suit après Haverskerque Armentières à travers Comines pour aller dans la mer. L'eau revient dans les nuages. Mon petit Émile tombe dans la pluie. Ici c'est ma peine. Je l'accomplis. Au bout du jardin, je transporte les boyaux de lapin dans une passoire. Je vide la passoire sur le fumier. C'est mélangé dans la terre, dans ma tête. Je n'ai pas. Ce n'est pas moi. Cache tes yeux. Les cartes sont retournées sur la toile cirée. Un rond de café. Pépé Léon est parti.

7

Christophe Moreel sortit de l'EPSM par l'entrée secondaire, la grille de la « Clinique », rue Gustave-Dron. Il arriva place Chanzy au moment précis où le moteur du 82 bourdonnait dans son dos. De nouveau, il longea la Lys, traversa Deûlémont ; Dieu seul savait quand Mauricette y reviendrait… Vivante ? Il chassa ses idées noires, une fois rendu dans son appartement de Comines, en écoutant John Coltrane *A Love Supreme*.

Il repensa à la maison de la rue de la République, l'hôpital de jour découvert quelques années auparavant, en même temps qu'il avait compris que Mauricette Beaussart n'était pas guérie de ses troubles. Il avait pu en parler un peu avec elle. Elle lui avait même demandé de l'accompagner lors d'un rendez-vous qu'elle avait là, avec Émilie Delaleau, la psychologue qui s'occupait d'elle.

Assis dans son canapé, les pieds sur la table basse encombrée de livres et d'épreuves de ses traductions à corriger, alors que le saxophone de Coltrane déroulait la mélodie de l'amour suprême, Christophe revoyait sa première visite au Cèdre Vert. Mauricette devait arriver de Deûlémont par le bus. En l'attendant, il avait fait le tour du pâté de maisons. La Lys coulait juste derrière, parallèlement à la rue de la République. Cèdre vert il y avait, effectivement, très haut et très touffu, dans le jardin derrière la maison — Christophe n'arrivait pas à appeler ce lieu « hôpital » —, visible même de l'autre rive, lorsqu'il traversait pour boire un café ou une bière belge « Au Pont Bleu »...

Il avait vu arriver Mauricette et l'avait rejointe. Un œil électronique les avait regardés à l'entrée. Elle avait sonné. La porte de la maison de maître s'était ouverte, commandée de l'intérieur. Une volée de marches conduisait dans le hall moquetté de bleu marine. À droite, le bureau d'accueil était une ruche bourdonnante avec ordinateurs, téléphones fixes et mobiles, classeurs débordant de dossiers. Pour la première fois, Christophe Moreel avait pris conscience du fait qu'une grande partie de l'activité de psychiatrie se déroulait hors les murs de « l'asile ». Une secrétaire leur avait demandé d'attendre quelques instants. Mme Delaleau arrivait, elle terminait un entretien.

On leur avait indiqué deux chaises. Mauricette et Christophe s'étaient assis face à la monumentale montée d'escalier. Une magnifique rampe en fer forgé accompagnait l'ascension vers les étages. La hauteur des plafonds était pour Christophe signe de luxe. Des lustres descendaient, suspendus par des chaînes. Les radiateurs en fonte étaient peints ou cachés par un grillage doré et ouvragé. Le sol était carrelé d'une mosaïque blanche. Des tableaux d'art singulier étaient accrochés aux murs. À la gauche de Christophe, une plaque indiquait : « Centre de jour — Le Cèdre Vert — inauguré le 24 novembre 1990 ». Six ans avant qu'il ne vienne s'installer ici.

Ils avaient vu descendre un homme aux traits tirés, barbe naissante, casquette de rappeur, blouson de cuir marron, jeans et chaussures de sport. Il avait tourné à droite, encore descendu, puis ouvert la lourde porte d'entrée. Une minute plus tard, quelqu'un d'autre avait descendu l'escalier d'un pas léger. C'était Émilie Delaleau, élégante, vêtue d'un tailleur, veste cintrée et pantalon gris clair. Mauricette avait fait les présentations. La psychologue avait serré avec vigueur la main de Christophe. Ils avaient échangé quelques considérations d'ordre météorologique. Christophe avait fait des compliments sur l'architecture du lieu. Puis le travail avait repris ses droits. « Venez, madame Beaussart, on va s'installer là-haut. » Christophe avait suivi quelques instants du regard l'ascension des deux femmes, la plus jeune attendant la plus âgée, puis il avait quitté les lieux.

Il n'était jamais retourné au Cèdre Vert, mais Mauricette lui parlait de temps en temps de ses visites à la psychologue. Quand c'était possible, les deux amis se donnaient rendez-vous chez lui ou « Au Pont Bleu » après, ou parfois avant ces consultations.

La face A du disque de Coltrane venait de s'achever. Christophe se décolla du canapé. Passant devant le bureau, il alluma l'ordinateur, puis retourna le disque pendant que Windows se chargeait. Elvin Jones débuta son solo de batterie. Christophe se connecta et la page de démarrage ouvrit sa messagerie. 18 spams avaient été capturés et les autres messages ne présentaient pas plus d'intérêt. Il cliqua dans ses favoris sur le signet « Étoile Point Étoile ».

Mauricette avait, avec son aide, ouvert un blog sous ce titre, un complément à son œuvre encyclopédique éponyme. Elle y postait assez irrégulièrement des extraits de son *Anthologie du veau dans la littérature*, des photos ratées, des maximes inattendues souvent drôles… Bref, elle avait une présence sur le web. Sur l'écran, il lut : « Le blog a été supprimé. Nous sommes désolés, le blog à l'adresse etoilepointetoile.blogspot.com a été supprimé. Cette adresse n'est pas disponible pour de nouveaux blogs. » Christophe ne fut qu'à moitié surpris. Avant sa crise, sans doute la sentant venir, Mauricette avait jeté dans les vastes oubliettes électroniques d'Internet toute la matière qu'elle y avait accumulée. Certains lecteurs seraient sans doute déçus, mais Christophe préférait apprendre la disparition du blog plutôt que celle de son animatrice.

Après une courte recherche, il trouva le site de présentation de l'EPSM Lille-Métropole. Les pdf d'EPSM Mag, qui traitaient de l'actualité de l'établissement, étaient la matière la plus intéressante. Attiré par ce titre « Sois sage, ô ma douleur », il découvrit l'existence du CLUD, le Comité de lutte contre la douleur et il se dit que ce comité avait du pain sur la planche pour les siècles des siècles. Il ne fut pas surpris de constater qu'il n'était pas fait mention de l'entrée de Mauricette Beaussart à la « Clinique » dans la rubrique « Événements ».

Bien sûr, il s'inquiétait pour son amie, mais en attendant de ses nouvelles, il décida de se changer les idées. Soulevant le bras du tourne-disque, il interrompit brutalement, sans un mot d'excuse, le piano de McCoyTyner, enfila son blouson, prit ses clés et dévala les escaliers. La ligne 5 du TER desservait Lille quatre fois par jour, deux allers le matin, et deux le soir. Il pourrait prendre le train de 18 h 25. Il n'aurait pas de retour avant 7 heures le lendemain matin et serait obligé de passer la nuit à Lille. C'était tout à fait son intention.

Mauricette, seule et silencieuse, était assise dans sa chambre. L'inventaire de ses possessions s'était terminé là, en même temps qu'on l'installait. Les vêtements avaient été sortis de la valise et rangés dans l'armoire-penderie en face du lit.

Mauricette était en chemise de nuit. Le sac de paille au contenu hétéroclite était posé près de la table de chevet à gauche du lit. Le soleil déclinant de cette soirée d'août brûlait encore à travers les vitres à petits carreaux, projetant les ombres croisées des encadrements sur le mur de la porte. Le regard de la patiente errait du sol carrelé au plafond de plâtre blanc, glissant sur les murs nus et leur peinture vert pâle.

Par l'imposte ouverte, le chant d'un merle se frayait un chemin dans la conscience de Mauricette, mais elle entendait aussi les cris de colère d'un homme qui réclamait des cigarettes supplémentaires. La porte s'ouvrit et une tête hirsute se montra. Mauricette n'eut pas le temps de réagir à cette intrusion qu'un grand gaillard d'aide-soignant persuada le perturbateur de retourner dans sa chambre. Ensuite vint une infirmière qui lui fit prendre deux cachets avec un verre d'eau. Une autre jeune femme lui rendit visite avec un brumisateur et lui rafraîchit le visage. Chaque fois, Mauricette se laissa faire tristement, dans une grande indifférence. Le soleil était devenu une grosse boule rouge qui s'effondrait derrière les toits des maisons de l'autre côté de la clôture.

Mauricette s'allongea sur le lit de métal, ramena le drap sur elle et ferma les yeux.

L'odeur de la craie du tableau et l'éponge humide dans la classe. J'étais interne c'est comme internée dans une école normale. Normale. Lologogo. Lolo gogo goret. Il crie dans la peur d'avant le couteau la masse sur le crâne. Un deux trois je m'en vais au bois. Quatre cinq six je fais ma crise. Sept huit neuf dans mon cahier veuf. Dix onze douze me voilà toute rouge. Je peux aussi dessiner comme dans l'atelier avec Bénédicte Véronique. Je dessine ma famille. On ne voit rien. Ils sont tous. Partis. Dans le ciel dans l'eau dans la terre. Maman dans le ciel. Émile dans l'eau. Papa dans la terre. Moi je marche avec mon sac à main sous l'épaule, l'aisselle. Il colle entre mon bras et ma côte.

J'ai eu un amour. Tango joue contre joue. Besame mucho. Tourne tourne tourne dans ma tête.

Passez la wassingue, mesdames messieurs. Pour noyer les germes et les araignées. Effacer les traces de nos pas. L'adolescence n'existe pas depuis longtemps. Je dans hôpital, petite bébé, à pieds de chaussettes dans le couloir. Je passe les doigts sur les gros radia-

teurs en fonte. La peinture crème. Salissant. Un trou noir d'eau noire. Quand il est né, elle est morte dans le sang qui coule, qui ne s'arrête pas. Les larmes ne l'arrêtent pas. Ensuite elle fut malade, moi. Et le garçon s'est agrandi. Nous étions souvent à Saint-Venant chez Mémère Beaussart quand il était bébé. Pitit Nénain. Papa avait sa bouteille dans sa musette et une dans le buffet.

Le docteur Demolins est parti voyager dans le train. C'est l'autre docteur qui me l'a dit pour continuer d'écrire mon histoire et mes idées. Je faisais toujours ça dans la maison avec du papier collé. Le nouveau docteur a un nom presque en patois René-Victor Dejackerre. Il sent le chewing-gum américain et l'huile de lin. Je regarde les lettres. Je peux écrire avec un crayon de bois mais il n'y a pas de taille-crayon. On ne peut pas ouvrir les fenêtres juste un petit vasistas. Pour ne pas tomber dans la pelouse sur les feuilles mortes à risquer le casse-tête. Ou se couper un bras avec un couteau-scie.

Ici dans l'EPSM du G18 c'est comme être chez Mémère Beaussart. Ce n'est pas ma maison. Je n'ai pas mes livres. Hector Malot sans famille. Pour aller à Comines, je prends le bus, c'est le 82. C'est pour l'hôpital pendant le jour. Quelquefois, j'y vais avec Christophe. Lui je l'ai connu après quand j'étais guérie. Dans ma vie nouvelle. Des pages et des pages. Tout bien faire : laver repasser couper le pain beurrer les tartines faire le lit plier les draps prendre les médicaments passer du café nettoyer la cuvette acheter du pain semer du persil téléphoner allumer le feu prendre l'autobus compter mes sous aller à la poste. Tout faire.

Pourquoi faire ? Pour quoi faire ? Pourquoi ? Maintenant je coule ils disent que c'est coule je coule c'est coule c'est la coule. On me lave et on m'essuie. Je ne préfère rien. Trou noir d'eau noire. Levez le bras, madame Beaussart ! Tournez-vous ! Asseyez-vous ! Mme Machin veut changer de chambre parce qu'elle est jalouse de la dame qui pense à son homme le même que le sien à elle pas moi. Je ne sais plus depuis longtemps. Je ne me vois plus. Je n'ai jamais perdu les eaux. C'est la touche pause. Encore une maladie d'en bas, bartholinite. Je regarde le dictionnaire. Toutes ces glandes. Comme des robinets dans la vitrine du marchand de glaces.

Hier maintenant demain avant-hier aujourd'hui tout à l'heure. Je ne préfère rien mais c'est mieux de rester dans le milieu. Je pense à lui nuit et jour, je veux l'oublier pour toujours. C'est trop difficile. C'est moi. Je suis sa petite maman. J'ai lâché sa main. Il a couru. Non, je ne veux pas voir ça. L'eau était glaciale. J'ai vu ça au cinéma. Je ne l'ai pas vu. J'ai mis ma main. Je ne vois rien. Je sens juste une drôle d'odeur, vase, peinture brûlée, mazout, chat crevé sous la haie de troènes.

Calmez-vous ! Prenez votre mouchoir ! Après c'était encore pire. Papa m'accusait. Je courais au fond du jardin, cachée dans les routes de pommes de terre, allongée dans la terre entre deux rangées, comme une plante rampante. Des araignées minuscules, des cochons de saint-Antoine, des petits escargots en spirale, des perce-oreilles. Mais j'avais les yeux comme des périscopes volants invisibles qui surveillaient. Mon nez qui s'enfonce dans la terre. Ma bouche bouchée. Ici j'ai du couscous dans une grande assiette poulet saucisse de mouton rouge légumes du vert et du rouge du marron et du jaune et les grains de semoule en grand nombre innombrables comme des œufs de grenouille. Je mange les produits pour remplir ma tête. Les produits mangent ma tête.

8

Dehors, les merles s'étaient tus. Étrangement, on entendait de temps à autre un bêlement de chèvre qui cisaillait le ronronnement continu de la ventilation. La porte de la chambre s'ouvrit lentement. Une silhouette ectoplasmique se glissa dans la pièce, s'approcha de l'armoire-penderie dont les portes étaient restées ouvertes. Adroitement, le personnage passait les mains sur les étagères, soulevant les serviettes de toilette, tâtonnant parmi les chemisiers et les jupes. Il pêcha une paire de collants sur la planche du bas, les approcha de son visage en émettant un léger grognement de satisfaction.

Les yeux mi-clos, Mauricette le regardait. Elle vit l'ombre du personnage s'agrandir sur le mur lorsqu'il se déplaça dans un rayon de lune pour se rapprocher du lit. Il leva la paire de collants au-dessus de sa tête et s'en couvrit comme d'un bonnet. Une odeur de fumier de lapin parvint aux narines de Mauricette. Le visage grotesque se pencha. Un souffle fétide passa sur le front de Mauricette allongée raide sous son drap. Une paire de tentacules apparut à l'emplacement des oreilles de la créature, pour ensuite s'allonger et se glisser sur l'oreiller en frôlant les joues de Mauricette qui ne bougeait toujours pas.

Soudain, il fit tout à fait noir dans la chambre. Un noir intense, quasi palpable. Mauricette ne voyait plus rien. Elle était engluée dans la ténèbre comme un insecte pris dans un bloc d'ambre. Noir sur noir. Elle sentait toujours à la fois l'odeur d'urine, et le toucher des tentacules autour de sa gorge. Puis au fond du trou noir, elle aperçut un point lumineux qui se dirigeait vers elle, à grande vitesse, suivant une ligne oblique. La lumière se dédoubla, et en même temps, Mauricette entendit un bruit de moteur. Elle reconnut alors les phares d'un engin qui approchait. C'était un autobus. Il s'arrêta à son niveau.

Avec un bruit d'air comprimé, la porte automatique s'ouvrit. Mauricette sans plus réfléchir monta. Quelle ne fut sa surprise de reconnaître son amie Alfonsina Vandenbeulque au volant du véhicule. Elle se laissa tomber sur un siège et le bus reprit sa course. Le paysage défilait à toute vitesse. C'était la nuit mais Mauricette voyait maintenant comme en plein jour. Elle reconnut la route d'Armentières à Deûlémont, et fugitivement distingua les reflets de la rivière. L'autobus continua sur la grand-route sans traverser le village. On approchait de Comines. Mauricette se cramponnait au dossier. Alfonsina manipulait le levier de vitesse avec rage. Le bruit du moteur était assourdissant. L'autobus entra dans Comines à une vitesse folle, passa devant le beffroi de l'hôtel de ville et fila en direction de la Belgique.

Tout à coup, la silhouette ectoplasmique coiffée de son bonnet à tentacules apparut dans les phares, gigantesque, debout en plein milieu du pont pavé, au-dessus de la Lys. Le chauffeur — était-ce réellement Alfonsina ? — se mit quasiment debout sur la pédale de frein pour piler. Le véhicule emporté par la vitesse dérapa sur les pavés, zigzagua un instant, puis emporta le garde-fou et bascula dans l'eau noire et froide de la rivière avec un craquement assourdissant de tôles froissées. Lorsqu'il atteignit l'eau, il s'enfonça en soulevant une gerbe d'écume.

Pendant la chute, Mauricette s'était plaqué les mains sur les yeux. Lorsqu'elle les souleva, Alfonsina n'était plus là et le bus avait disparu. Mauricette marchait sur le fond de la rivière. Ses pieds s'enfonçaient dans une vase onctueuse. Des filaments herbus la frôlaient. Elle avait un peu froid mais ne s'étouffait pas. Elle éprouvait malgré tout une certaine inquiétude. En levant les yeux, elle aperçut le ventre rebondi d'une péniche dont les hélices soulevaient un tourbillon de bulles. Remontant le courant, Mauricette rejoignit la voûte du pont. Une énorme masse noire pesait au-dessus de l'eau. Instinctivement, elle se tassa sur elle-même, puis obliqua vers ce qu'elle pensait être la berge.

Au fond de la rivière, elle trébucha en se prenant les pieds dans un obstacle arrondi qui dépassait dans la vase. Assise au fond de l'eau, elle dégageait mécaniquement la protubérance qui avait entraîné sa chute. Une mousse poilue s'était fixée sur l'objet. Elle tira dessus et réussit à le soulever du fond.

Un regard candide la contemplait. Le visage terreux d'un petit garçon aux yeux bleus ; sa bouche pleine de vase était figée dans un rictus de douleur silencieuse. Mauricette lâcha la mousse de cheveux et tomba en arrière en poussant un terrible hurlement.

Galopade dans le couloir. La porte de la chambre s'ouvrit. L'infirmière de nuit alluma, s'approcha du lit. Mauricette était assise hors d'haleine, une mèche grise de cheveux trempés de sueur collée sur son œil droit. « Alors, madame Beaussart, vous avez fait un mauvais rêve ? C'est fini maintenant, ça va aller… » La respiration de la patiente se pacifia petit à petit. Une aide-soignante entra à son tour dans la chambre. « On va changer vos draps… Ils sont mouillés. Vous avez eu trop chaud. Levez-vous ! Ah, il faudra aussi changer de chemise de nuit. On dirait qu'elle a été trempée dans l'eau ! Tenez, enfilez ça et mettez votre peignoir. Asseyez-vous là dans le fauteuil, pendant qu'on s'occupe de la literie. » Mauricette obéit en silence. L'image de son petit frère Émile restait gravée dans son cerveau, persistait au fond de sa rétine. Elle tremblait. On la recoucha après lui avoir donné un sédatif. Elle replongea dans le sommeil jusqu'à l'aube.

Ce cauchemar inaugural eut paradoxalement un effet bénéfique, ayant semble-t-il agi sur la patiente à la façon d'un choc électrique. En tout cas, dès le lendemain, elle commença à s'adapter à la vie commune. Après les premiers jours de son hospitalisation, lorsqu'elle avait été plus stable, moins confuse, Christophe avait pu l'accompagner jusqu'à la cafétéria où, assis à une table sur la terrasse, devant les rosiers épanouis, ils avaient bavardé. Rien dans son attitude ou ses paroles ne pouvait conduire à imaginer la suite.

*

Trois semaines plus tard, le dimanche 7 septembre 2008, sans prévenir, elle avait quitté la « Clinique », était sortie de l'enceinte de l'EPSM, abandonnant la plupart de ses affaires. Personne ne savait où elle était allée.

Le lundi matin, Christophe Moreel, prévenu par le bureau infirmier du G18, s'était rendu à Deûlémont, chez son amie. Elle n'était pas revenue là. Christophe avait seulement découvert cette nourriture avariée dans la véranda arrière-cuisine.

Avant de se remettre en route pour Armentières, Christophe vérifia l'ordinateur de Mauricette. En trois semaines, les inévitables spams s'étaient accumulés. À part cela, ni nouveaux messages reçus, ni nouveaux messages envoyés. Il n'en fut pas étonné car les patients n'avaient pas d'accès Internet dans l'établissement. Ils disposaient néanmoins d'un point-phone et avaient la possibilité d'écrire et d'envoyer du courrier par les moyens classiques qui n'étaient pas encore devenus totalement obsolètes.

Mauricette n'avait pas de téléphone mobile mais pendant son séjour, elle avait utilisé le téléphone de la « Clinique » pour demander à Christophe de lui apporter des livres. Elle avait aussi appelé Alfonsina, mais cela, Christophe l'ignorait… Il jeta un coup d'œil en bas à droite de l'écran. Il était presque midi. Il éteignit l'ordinateur de son amie. L'angélus sonna au clocher de l'église en face. Le prochain 82 pour Armentières s'arrêtait à 12 h 15 devant la mairie.

Cet après-midi-là, les ASH Sylvie, Hortense et Albert faisaient le grand ménage dans la salle commune de l'hospitalisation, celle qui donne sur le parc privatif fermé propre à chaque secteur. Une patiente était recroquevillée dans un fauteuil et levait de temps en temps les yeux vers l'écran de la télévision, le robinet à images. Deux hommes se tenaient à la porte ouverte, devant les marches de l'escalier qui descendait vers le parc. Ils fumaient en silence, se déplaçant lorsque, poussée par Sylvie, la machine à faire briller le carrelage s'approchait d'eux.

La disparition de Mauricette, la veille, n'avait en rien modifié les habitudes et l'emploi du temps. Même si cela arrivait rarement, ce n'était pas la première fois qu'un ou une patiente profitait de l'ouverture des portes pour « faire la grille ». En effet, de 9 heures à midi et de 14 heures à 19 heures, la porte d'entrée de la « Clinique » n'était pas fermée à clé. Certains patients avaient alors la possibilité d'aller en ville ou de se promener sur le site arboré de l'EPSM. Selon les cas, ils sortaient seuls ou accompagnés par un membre de l'équipe ou par leurs visiteurs.

Dans son bureau du rez-de-chaussée, Émilie Delaleau relisait le cahier jaune que la patiente avait abandonné sur son lit et dont elle avait rempli une cinquantaine de pages d'une écriture fine et légèrement tremblée. En même temps, elle prenait des notes dans un carnet. De temps à autre, son regard s'échappait vers la fenêtre pour suivre les sautillements et les envolées soudaines d'un groupe de moineaux au milieu des buissons d'hortensias.

Les choses avaient bien changé depuis qu'en 1615, Henri Pringuel, artisan pieux d'Armentières, avait fondé avec quatre de ses amis « La Maison des Bons-Fils ». Cette maison qui accueillait et soignait les déments était devenue au cours des siècles Asile d'aliénés, puis Hôpital psychiatrique et Centre hospitalier spécialisé avant d'acquérir, en 1993, la dénomination officielle d'EPSM d'Armentières, Établissement public de santé mentale Lille-Métropole.

Émilie se souvenait des cours à l'Université, la transformation de la psychiatrie à partir des années soixante-dix et pendant les années quatre-vingt, avec la création des secteurs. Elle avait commencé son travail de psychologue en même temps que s'ouvraient ces nouveaux lieux comme le Cèdre Vert, centre de santé mentale où on recevait les personnes en grande souffrance. Tout cela, ainsi que d'autres équipements, les appartements thérapeutiques, les visites à domicile, avait limité le nombre et la durée des internements.

Elle acheva la lecture des écrits de Mauricette, remarquant, après la dernière page d'écriture, l'absence de plusieurs feuilles proprement découpées à l'aide d'une règle. Sur son carnet, elle avait aussi noté et souligné deux prénoms suivis tous deux d'un point d'interrogation : Alfonsina ? Émile ?

Au-dessus d'elle, dans son bureau du premier étage, le docteur Demolins ne s'inquiétait pas outre mesure du départ de Mme Beaussart. Tout comme Émilie Delaleau, il avait relu l'ensemble du dossier, à l'exception du cahier manuscrit. Bien sûr, le traitement n'était pas achevé, mais l'évolution était favorable et il avait envisagé d'autoriser prochainement les sorties non accompagnées. Le trouble dont la patiente souffrait depuis longtemps était en voie d'atténuation après cette phase maniaque qui apparaissait comme un point d'orgue dans l'histoire de Mauricette Beaussart. Le caractère fantasque de cette pseudo-évasion était sans nul doute un nouvel élément à inclure dans son dossier. Le docteur pensait que la patiente donnerait très vite de ses nouvelles.

Maman est instruite dans le brevet élémentaire avant ma naissance. J'ai lu la chanson des blés dans son cahier à l'encre violette et l'autre cahier avec les dessins des poumons et du cœur avec de l'encre rouge et de l'encre bleue. C'est une encre qui ne pâlit pas. Papa travaille dans les champs avec des bottes et un tablier de sac de jute pour les betteraves. Il a sa force de réflexion en muscles. C'est le bras de fer tordu sur la table de la cuisine. Je ne résiste pas.

C'est autre chose le démineur ou les réussites dans l'ordinateur, le jeu de patience le soir la nuit. Je sais ça avec Moreel Christophe plus tard quand j'étais jeune retraitée. Mais je n'ai pas beaucoup travaillé. J'ai dansé le tango la polka tout essoufflée en pas piqués. Sur le parquet à écraser les mégots dans la salle de bois bleue et rouge. C'était mon ergothérapie ma danse en chambre d'ange.

Mon danseur est parti en Algérie. Le train et le bateau. Tchou tchou tchou tchou tchou tchou. Pour Papa c'était la même ceinture. Les gendarmes l'ont décroché dans la grange. La poussière me fait éternuer.

Crottes de souris. Courte paille dans les matelas les paillasses. Et expecto resurrectionem mortuorum. Zombies affamés. Il faut tirer dans la tête.

Je me souviens de mon bureau d'institutrice et l'estrade, les noms des petites du cours élémentaire de première année : Pascaline Josiane Stéphanie Yvette Madeleine Christiane mais j'en oublie beaucoup. L'école des filles à Houplines pas très loin d'ici. Je faisais en vélo comme Pépé Léon Pépé Deûlémont. Lui il était jardinier à l'asile d'Armentières d'avant la guerre. Mais la guerre c'est arrivé deux fois. Et tout était démoli fracassé. J'ai vu les photos dans le journal. Il me racontait tout dans son travail et la route en vélo pour aller travailler avec sa musette et sa casquette.

J'aime mieux venir à Deûlémont. C'est en autobus et ça dure longtemps les grandes vacances. J'avais les chevilles écorchées par les éteules dans les champs du mois d'août au bord de la Lys. Des boucles d'oreilles en bigarreaux et du saindoux sur ma tartine. Dans ce temps on ne voyait pas de femmes dans l'asile d'Armentières. Les femmes étaient à Saint-Venant peut-être à Bailleul. Je ne sais pas tout. Je ne suis pas obligée de tout savoir, de me rappeler tout. En plus des choses que me disent les grands-pères et les grands-mères, je lis aussi dans les livres. Ici non je ne lis pas. Il faudrait aller dans le Centre social de la cafétéria. Je sais qu'il y a une bibliothèque là-bas chez la coiffeuse. J'irai avec Christophe s'il vient me voir au parloir. Mais ici on n'appelle pas ça parloir. Je mélange avec avant Saint-Venant c'est salle des visites. Et les médicaments étaient des autres aussi.

Tout me fait comme des éclairs dans mes yeux sur-

tout quand ils sont fermés. Je presse mes yeux très fort avec mes doigts, je ne vois que du sang et des lumières jaunes. Je ne vais pas me faire mal par plaisir. Je fais semblant d'écrire pour avoir l'air occupée. Je ne peux pas tout dire tout écrire tout raconter tout inventer tout noircir. Tout le monde a du malheur dans sa vie. Je l'avais dit j'aurais dû rester institutrice rester en France. À Comines de l'autre côté du grand pont c'est la Belgique.

Même si je suis impatiente je me retiens le plus longtemps possible et après ça me fait mal au ventre. J'essaie de diriger ma vie cellulaire. J'écris comme je veux. Je suis une loque, on ne va pas me repasser. Je sèche au bord de l'évier. Je moisis avec comme une toile d'araignée qui pousse sur ma joue et aussi plus bas sur mes mollets, des fils grisâtres. L'infirmière m'a dit attention à la phlébite, madame Beaussart. Il faut surveiller.

Je ne sais pas si j'étais jeune dans le ventre de Maman. Beaucoup de choses n'existaient pas mais aujourd'hui beaucoup de choses n'existent plus. Moins par moins donne plus et les ennemis de mes ennemis sont mes amis. Je me désoriginaliserai quand tous les originaux se seront désoriginalisés. Latoté trouya rassimé. Chaviro rotantacha. Sivolétuness mélétunétron mélaménavéness.

Les murs sont très absorbants. Je leur parle quand on ne me regarde pas. Je parle aussi à certains arbres. Je peux sortir dans le parc mais je ne sors pas dans la ville. Je suis trop faible. Il y a trop de fumée de voitures qui pique dans mes poumons. Dans le parc les voitures roulent doucement et ne font presque pas de fumée. Les arbres mangent la fumée et la recrachent par les feuilles pendant la nuit. Le Gingko Biloba est bien caché, sûrement à cause des voleurs. Je me souviens qu'il est spécial mais ici il est normal. J'essaie de voir presque toute ma vie. Il y a aussi quelquefois quelques fois parfois des petits bonheurs très doux. Je regarde bien. M. B. fossile encore vivant.

9

Le roucoulement des tourterelles perchées dans les ifs de l'entrée accompagna le réveil de Mauricette à l'issue de cette première nuit cauchemardesque. Elle n'ouvrit pas les yeux immédiatement. Sans qu'elle bougeât les lèvres, machinalement, intérieurement, son cerveau débita pour elle une « prière » qu'elle avait composée et mémorisée depuis longtemps : « Gadji beri bimba. Les cieux racontent la gloire de Dieu — et le firmament fait connaître l'œuvre de ses mains. Glandridi lauli lonni cadori. Glandridi lauli lonni cadori. C'est un langage que le jour redit au jour — et la nuit à la nuit en donne connaissance. Gadjama bim beri glassala. Ce n'est point une langue, ce ne sont pas des mots — dont les sons puissent rester incompris. Glandradi glassla tuffm i zimbrahim. Leur voix se répand par toute la terre — leurs paroles retentissent jusqu'aux confins du monde. Blassa galassasa tuffm i zimbrahim. »

Des pas dans le couloir, léger toc-toc à la porte,

un chantonnement rythmé : « Bonjour, madame Beaussart, il va faire beau aujourd'hui. Il est sept heures et demie. Pouvez-vous sortir de votre lit ? » Dans l'entrebâillement de la porte, la patiente aperçut le visage souriant d'un jeune homme à la peau noire, un des infirmiers qui venait de prendre son service. Elle se redressa, tourna la tête vers la fenêtre. Le soleil d'été perçait déjà à travers la toile fine des rideaux bleus. Elle regarda ensuite vers la porte. Le visage avait disparu. Elle s'assit complètement dans le lit, essayant de rassembler ses souvenirs.

Elle était déjà venue ici. Elle observa sur le mur les hiéroglyphes que le soleil dessinait à travers les rideaux. Fouillant sa mémoire, elle se vit marcher entre deux rangées de tilleuls, lever les yeux vers des lampadaires en forme de phares. Elle vit les veaux que Christophe lui avait montrés par la fenêtre de l'autobus. Elle devait aller aux toilettes, rejeta les couvertures, pivota sur le lit, glissa et ses pieds s'ajustèrent aux pantoufles. Elle ramassa la robe de chambre accrochée au dossier du fauteuil, se couvrit et sortit dans le couloir.

Paula Bogaert, une aide-soignante, lui indiqua le chemin. Mauricette revint dans la chambre, trouva sa trousse de toilette dans l'armoire. Paula l'attendait pour la conduire à la salle de bains. Mauricette préférait se débrouiller seule. Elle le fit comprendre à l'aide-soignante en la poussant doucement hors de la pièce. Elle se doucha et se savonna, se rinça et s'essuya.

Son mutisme mis à part, elle se comportait « normalement ». Pourtant, en même temps que l'eau de la pomme de douche, les larmes coulaient sur son visage. En même temps que le gant de toilette sur son corps, les idées noires tournaient dans sa tête et le massage de la serviette ne suffisait pas à dénouer le nœud à l'intérieur de sa gorge.

De retour dans la chambre, elle s'assit dans le fauteuil, son cabas sur les genoux. Un coup à la porte, et Paula entra. « Madame Beaussart, vous allez vous habiller et puis on va prendre le petit déjeuner. Je peux vous aider ? » Paula ouvrit la porte de la penderie et en sortit du linge propre. Elle posa le tout sur le lit, s'approcha de Mauricette qui se laissa dessaisir de son sac et dit : « C'est bleu, c'est ma couleur préférée. Je vais mettre le corsaire.

— Oui, vous avez raison. Moi aussi, j'aime bien le bleu. Et on met ce chemisier-là avec le corsaire ?

— Dans le bleu, c'est là que je vais partir. J'y pense souvent. De l'eau et du ciel sous ma peau de vieille femme.

— Voilà ! On va y aller. Ici, à l'aile 7, vous prenez le petit déjeuner dans la salle de télévision. Et ce midi, vous serez avec tout le monde au réfectoire. »

Mauricette prit son cabas et en compagnie de Paula entra dans la salle qui se trouvait à quelques pas de sa chambre. D'autres patients peu nombreux étaient déjà installés à la grande table au centre de la pièce. Instinctivement, Mauricette s'assit au bord de la table du même côté que le récepteur suspendu à une potence au ras du plafond. Elle lui tournait le dos. En face d'elle, deux messieurs et une dame mangeaient, la tête levée vers l'écran. L'ASH Hortense Martel lui servit un bol de café noir. Mauricette se beurra deux tartines et les disposa symétriquement de chaque côté du bol. En face d'elle, le plus petit des deux hommes chantait la bouche pleine, accompagnant la voix sirupeuse qui sortait de la télévision. La dame, énorme, en survêtement gris, mastiquait lentement une tartine à la confiture. Son rouge à lèvres très épais se mélangeait à la groseille qui coulait sur le bord du pain. Mauricette trempa précautionneusement sa tartine dans le bol. Le beurre en fondant dessinait des irisations à la surface du café. Il fallait peu de chose pour hypnotiser Mauricette Beaussart. Elle avala son petit déjeuner mécaniquement tandis que dans sa tête défilaient des images venues de loin, d'un temps révolu, d'un monde disparu…

Paula Bogaert distribua les traitements. Chacun avala ses pilules avec un verre d'eau ou de jus d'orange. Les chambres furent fermées et les patients se regroupèrent dans la salle commune avant de se disperser en fonction des ateliers ou des entretiens prévus.

Jean-Marie Demolins était un médecin psychiatre dont la pratique était orientée vers la gérontologie. Dans le cadre des modifications en cours à l'EPSM, il travaillait à un projet visant à mettre en réseau les structures recevant des personnes âgées dont les pathologies étaient parfois liées à des problèmes d'ordre psychique. Avec l'allongement de la durée de la vie et l'accroissement du stress dans la société, les praticiens comme le docteur Demolins étaient assurés de ne pas manquer de patients.

Ainsi il recevait une fois par semaine, en consultation au Cèdre Vert, les personnes de plus de soixante-cinq ans ayant des troubles de l'humeur. C'est là qu'il avait rencontré Mauricette Beaussart. Elle était venue consulter à Comines pour parler de ses insomnies et de ses idées noires. Le docteur Demolins la voyait tous les deux mois.

Lorsque Mauricette entra dans la salle de consultation de la « Clinique », amenée par Jean Racine, l'infirmier chantant qui l'avait réveillée ce matin-là, Jean-Marie Demolins avait revu son dossier et pris connaissance des premiers entretiens menés par le bureau infirmier et par le docteur Dejackerre. Étant donné l'état de la patiente tel que décrit dans les comptes rendus de l'équipe, il avait fait savoir à l'infirmier qu'il souhaitait sa présence.

Le docteur se leva à l'entrée de la patiente. Sa poignée de main était ferme, mais derrière les lunettes, son regard était bienveillant. Il lui montra l'un des fauteuils face à son bureau. Elle s'assit et l'infirmier prit place à côté d'elle.

« Alors, madame Beaussart ! Cela fait longtemps que je ne vous ai vue. Dites-moi donc comment vous vous sentez. »

Mauricette assise sur le bord du siège baissait la tête, mais elle répondit à la question.

« Pas très bien, docteur. Je vous reconnais bien. Oui c'est loin.

— Est-ce que vous pouvez me préciser les choses, dire ce qui ne va pas ?

— C'est difficile, pour moi, ici. Je souriais mais non.

— Vous voulez dire, c'est difficile d'être à la "Clinique", ou c'est difficile de vivre ? »

Le docteur était penché vers l'avant, fermement appuyé à son bureau. Il regardait intensément la malade.

« Oui c'est difficile ma vie. C'est trop long à souffrir.

— Vous pensez que la vie est trop longue, ou est-ce que c'est plutôt que vous souffrez depuis trop longtemps ?

— Oui longtemps, c'est haut et bas. Je ne fixe pas. J'ai encore cette boule ici. »

Elle se serra la gorge de la main gauche. Dans le mouvement, son sac glissa de ses genoux. Jean Racine le ramassa et le posa entre les deux sièges.

« Cette boule, oui. Est-ce que vous êtes plus angoissée le soir, ou le matin quand vous vous réveillez ?

— Sais pas ! J'ai cette boule aussi dans les rêves. Les mauvais. Avec l'eau. Je reste au fond. J'oublie de remonter, c'est comme l'horloge. C'est lourd et j'ai peur.

— De quoi avez-vous peur, madame Beaussart ?

— La punition. Comme être grondée. Quand on me dit que c'est de ma faute, mais je n'ai pas fait exprès. C'est vous qui m'avez réveillée ? » dit-elle en se tournant vers Jean Racine.

Celui-ci acquiesça en souriant. Le docteur Demolins reprit la parole.

« Est-ce que vous dormez bien, madame Beaussart ?

— Je me couche, j'allonge mes bras tout le long, jusqu'aux jambes et je ne bouge plus, comme si j'étais morte, mais je n'ai pas peur de ça, c'est ce qui arrive quand je dors. Je vois des choses.

— Qu'est-ce que vous voyez ? Vous voulez parler de rêves, ou plutôt de mauvais rêves, des cauchemars peut-être ?

— Oui ils reviennent. Je tombe et je pense à ce qui est arrivé dans la famille. Ma mère, mon frère et puis mon père.

— Vous vous rappelez toutes ces choses. Vous avez une bonne mémoire. Que s'est-il passé ? Est-ce que vous voulez m'en parler ? »

Mauricette resta silencieuse, de nouveau plongée en elle-même. Le docteur nota quelques mots sur une feuille qui faisait partie du dossier de sa patiente, puis il reprit la parole, haussant légèrement la voix.

« Peut-être m'en parlerez-vous une prochaine fois ? Parce qu'on va se revoir, madame Beaussart. Vous allez rester quelques jours ici. Je voulais aussi vous demander comment vous voyez votre avenir ? Quand vous rentrerez chez vous… »

Elle releva la tête, se tourna d'abord vers l'infirmier, puis osa regarder le médecin dans les yeux, un court instant.

« Sais pas ! Chez moi, quand j'étais petite ? Avant. Mais il faut circuler, comme on dit. Je vais essayer d'aller mieux. Je sais qu'il faut m'aider.

— À la bonne heure ! Pour l'instant, je ne change pas votre traitement. Vous allez continuer l'antidépresseur, sortir dans le parc de la "Clinique". Vous ferez aussi des séances d'hydrothérapie, de la relaxation. Je vous sens tendue. N'hésitez pas à parler avec l'équipe. Je vous revois bientôt et on reprendra cette conversation. »

Le docteur confia la malade à Jean Racine pour qu'il l'accompagne jusqu'au parc de la « Clinique ». Quand ils furent sortis, il prit quelques minutes afin de rédiger une ordonnance pour l'équipe et une note qu'il ajouta au dossier de la patiente.

À cette heure de la matinée, la plupart des patients étaient partis en activités, dans l'atelier d'arts plastiques, ou occupés à regarder un documentaire dans la salle télé en compagnie d'Agnès Bécart, l'infirmière qui animait régulièrement le vidéo-débat. Certains étaient sans doute à l'extérieur, au jardin avec Charles Duchêne, l'animateur jardinier, dans le village de Wez-Macquart ; l'EPSM avait une convention d'utilisation du terrain avec la municipalité. D'autres patients bavardaient dans le petit salon.

En passant devant le point-phone dans le couloir circulaire, Mauricette fit arrêter l'infirmier et lui demanda si elle pouvait téléphoner. Jean Racine lui dit qu'il se renseignerait et lui donnerait la réponse plus tard. Ils arrivèrent dans la salle commune. C'était la pièce la mieux éclairée de la « Clinique » avec ses grandes baies vitrées en arc de cercle. Dans un coin, la télé était allumée mais personne ne la regardait. Les deux hommes qui avaient pris le petit déjeuner avec Mauricette étaient à une table en train de jouer au Scrabble. La porte-fenêtre qui donnait sur le parc était grande ouverte. L'infirmier montra le chemin à Mauricette et la laissa.

Elle descendit les marches du perron. Sur la pelouse, au bord de l'allée en macadam, des chaises de jardin en plastique blanc étaient occupées par trois ou quatre patients, hommes et femmes, qui fumaient en silence. Un peu plus loin, une espèce d'abribus transparent avec un banc à l'intérieur pouvait protéger les fumeurs impénitents en cas de pluie. Mauricette avança dans l'allée vers le fond du parc, vers l'imposant cèdre bleu. Elle s'arrêta sous l'arbre, passa la main sur son écorce chaude au toucher. Elle se rapprocha, appuya le front contre l'arbre, resta quelques minutes sans bouger, attentive aux odeurs, au souffle du vent dans les aiguilles de l'arbre. Ce cèdre bleu dominait tous les arbustes environnants, cotonéasters, cornouillers, noisetiers et autres fusains, à l'exception d'une rangée de tilleuls plantés en bordure de l'autre côté de la clôture. Ils étaient donc là, les tilleuls qui avaient donné leur nom à la « Clinique ». La période de floraison était terminée, mais quand elle passa sous leur ombrage, Mauricette respira à pleins poumons par le nez et elle retrouva dans sa mémoire ce parfum qui la transporta immédiatement dans son temps de petite fille.

Ej enruoter sel stom emmoc sed settessuahc. Mais trop chaud en ce moment. C'est mieux les sandales et pieds nus. Je préfère. Aujourd'hui les téléphones nous regardent comme les écrans de télévision. Je suis filmée dans ma tête dans la salle de la douche, me cache sous la serviette. Le grain de la vérité est coincé dans ma gorge. Je ne fais que tousser pourtant c'est l'été. Les microbes sont morts. J'entends Mémère crier dans le patois. Elle me donnait des cliques que j'étais « soïeuse ». C'est une scie. On aurait dit que j'étais intelligente mais beaucoup de malheur fait tourner la sauce en grumeaux. Je suis coincée. Je vois le taureau de la ferme qui bave des cornes en sang dans le cirque. Blago bung. Je m'affole avec un accroc de barbelé à ma jupe. Je passe dessous pour sortir du labyrinthe. J'ai la tête tournante. Je sentais la vibration dans le réfectoire d'un seul coup, le plateau de repas s'est envolé avec l'assiette la purée de verre cassé et des traînées de sauce béchamel au mur. Il était furieux d'hurler à cause du tabac. La grosse femme pleurait avec déchirement. Lui il gueulait. J'ai déployé ma serviette de table à l'abri des postillons. C'est le grand monsieur en blanc qui l'a tenu dans ses bras pour la gesticulation.

Mon sommeil est invisible. J'ai eu peur, je crois aux rêves ça va s'arranger et je sens que ça va s'aggraver. Je compte les pommes de terre dans le seau pour dormir. Mais j'ai aussi des cachets, trois fois par jour. Pas au goûter. Juste jus de fruit et du pain d'épices. J'ai commencé la folie en revenant du cimetière. Ma jeunesse fut perturbée. Je n'étais pas sûre d'être là. Mais je ne me déguisais pas en garçon. Même si je pendais aux branches par les pieds. J'étais rouge dans le sang qui descendait en montant dans ma tête. Le docteur Demolins sait quand je vais guérir. Il me le dira bientôt. Là c'est l'été mais l'hiver je marchais dans un brouillard empoisonné. Comme Ypres pendant la guerre. Pépé Léon me racontait l'histoire des tranchées avec le masque à gaz qui serre les oreilles et les cheveux qui dépassaient des courroies. Il était bien obligé. Moi je n'ai pas de force de vie comme avant dans ma vie. Je suis inquiète comme un merle qui sautille tourne sa tête dans tous les sens pour des miettes. Hop ! Hop ! Peut-être que je pourrais me lancer sur un mur comme un plateau de repas. Avec une fourchette à l'intérieur de mon ventre et du pyrex cassé dans mes dents. Le verre d'eau tombe de la table de nuit sur la descente de lit qui absorbe bien. Je m'accroche aux draps à ma peau. J'ai des rides à l'intérieur.

J'ai tourné dans le parc du cèdre bleu. Le vert c'est à Comines. Le cèdre bleu de la clinique, on a bien parlé ensemble. Comme deux ventriloques. Je m'applique pour guérir comme on me demande de guérir. Je fais ce qu'il faut. J'y arriverai. Je n'ai pas pleuré ce matin. J'ai des soins dans la gérontologie mais un esprit jeune. Je l'avais. Ensuite un trou m'a encerclée et je n'étais plus jeune. J'avais des rides et des boutons. C'est quoi mon hystérie, docteur ? Je suis fatiguée, j'ai le droit de dormir de bonne heure même dans la clarté. J'écris les mots qui font du bien dans le moment, couchés sur le papier. Je passe un doigt dessus : oreiller, savon, crayon, Christophe, tilleul, Alfonsina, sable, coton. Je m'assieds sur le banc de l'abribus du parc et ma tête se penche mais ne touche pas mon genou. Je regarde le gravier de macadam gris noir entre mes chaussures pour faire fondre le mégot jaune dans le goudron qui grésille de fondre en puant. Je l'hypnotise décompose en morceaux d'atome avec les noyaux liés par des barres de bout de plastique collé. Je compte les taches de chewing-gum écrasées sur la peau du trottoir. Le chewing-gum des soldats qui dansent dans la rue avec Maman. J'en avais acheté en sortant de l'église à Saint-Venant calottée par Papa mais lui petit frère n'en a jamais mastiqué. Il était trop petit. Il l'aurait avalé ses boyaux tout collés. Docteur, est-ce que c'est possible ? Je corne les pages. M. Germain demande quoi j'écris dans mon cahier. C'est des recettes de cuisine pour quand je serai guérie à jamais. Il dit qu'il avait des problèmes d'alcool. J'ai pensé au livre d'Apollinaire au héron au bord de l'eau. Encore sur le banc, je suis tombée en avant pour me pencher. J'ai saigné et Paula m'a soignée avec du sparadrap dans le bureau des infirmières. Attention à mon équilibre. C'est un système de nuisance qui me fait perdre la stabilité et après je bascule. Quand elle passe l'eau oxygénée, elle mousse entre les rides. Je fais semblant en pensée de m'entourer la tête avec un turban de serviette. Je me lie à la terre pour décharger mon électricité statique. Je veux devenir étincelante. Mais je n'ose pas. N'oserai jamais.

10

Fin 1945, Mauricette remarqua l'embonpoint de sa mère. Alors âgée d'une douzaine d'années, elle avait émis quelques hypothèses en observant l'activité des animaux de la ferme Beaussart à Saint-Venant, mais c'est à partir des livres dévorés chez ses grands-parents maternels à Deûlémont pendant l'Occupation qu'elle avait, de bric et de broc, construit sa représentation des choses de la vie. En ce temps-là, le dictionnaire était parfois plus bavard sur certains sujets que la plupart des grandes personnes.

Mauricette Beaussart avait toujours été une petite fille solitaire et un tantinet sauvage. À Haverskerque, elle passait beaucoup de temps à errer dans la proche forêt de Nieppe. Elle parlait aux arbres, aux papillons et aux oiseaux. Un jour, elle avait eu la chance de découvrir dans la partie marécageuse du bois une héronnière. Elle s'y rendait souvent pour observer la colonie de hérons cendrés, les couples et leur progéniture, au milieu des arbres et des roseaux.

Elle admirait leur envol puissant, et s'essayait à les imiter en courant bras étendus dans les chemins forestiers. Elle s'était bien gardée de parler de sa découverte aux autres écolières et encore moins à la dame discrètement moustachue qui était son institutrice. Sa seule confidente était alors sa mère.

*

Avec le temps, Thérèse Beaussart s'était habituée à la rudesse bonhomme de sa belle-famille. Fruste mais solide, son mari Arthur était courageux et attentionné. Pendant toute la période de sa captivité en Autriche, il avait manqué à sa femme. La petite Mauricette, quant à elle, avait apprécié de vivre chez ses grands-parents maternels, entre Mémère Germaine qui lui apprenait le tricot et la couture, le poulailler et les lapins, et son Pépé Léon qui lui servait de guide au jardin, tout en lui racontant ses histoires de la guerre de 14. Mauricette était aussi attentive aux conversations du grand-père avec sa fille, depuis que Thérèse, grâce à lui, avait été embauchée au pavillon Morel de l'hôpital pour s'occuper des prostituées contaminées. Mauricette n'aimait pas les anecdotes douloureuses rapportées par sa mère, elle préférait entendre son grand-père parler de son travail au potager avec les malades, ses histoires de la brasserie ou de la ferme de l'hôpital avec les cochons, les vaches et les chevaux.

Après la Libération et le retour d'Arthur Beaussart, la famille reprit la vie commune dans la maison d'Haverskerque. Thérèse avait quitté son emploi à l'hôpital, mais n'avait pas retrouvé son poste d'institutrice à Morbecque. Elle travaillait donc avec son mari dans la ferme des parents Beaussart, en attendant mieux. Elle n'avait pas parlé de sa grossesse à sa fille ; cela ne se faisait pas, mais Mauricette pensait avoir compris et se réjouissait, certaine d'avoir bientôt une petite sœur à qui, un jour, elle pourrait montrer la héronnière de la forêt.

Le samedi 23 mars 1946, quand Mauricette rentra de l'école après quatre heures et demie, elle se rendit compte qu'il se passait quelque chose d'inhabituel. Le vélo de son père était couché par terre devant la fenêtre de la salle. Un autre vélo qu'elle ne connaissait pas, un vélo de femme, était appuyé contre la haie de troènes à gauche de la porte d'entrée. Le cœur battant, elle entra dans la maison par la porte de derrière qui donnait dans la cuisine, et ne vit personne. Elle posa son cartable sur une chaise, enleva son bonnet, son cache-nez et ses moufles, déboutonna son manteau et le suspendit derrière la porte à côté de la veste en velours de son père.

La bouilloire sifflait, pleine d'eau chaude, sur la cuisinière à bois. Dans l'évier, sous la pompe à bras, un bassin blanc émaillé débordait de linges sanglants. La chair de Mauricette se hérissa.

Elle ouvrit la porte du couloir et enfin, venant de la chambre de ses parents, entendit parler. D'abord une voix de femme.

« Pousse, ma fille, pousse ! Je ne vois pas la tête.

— Mais elle saigne toujours ! J'avais raison, il aurait fallu appeler le docteur. Ah oui, vous avez voulu faire comme avant la guerre ! Mon Dieu, et Mauricette qui va rentrer ! »

La petite reconnut la voix de son père. Elle allait tourner la clenche de la porte, mais celle-ci s'ouvrit brusquement. Arthur Beaussart faillit renverser sa fille en sortant. Mauricette eut un aperçu du visage de sa mère, noyé dans l'oreiller, pâle et en sueur. Elle reconnut aussi de dos Mme Gouffroy, une vieille femme du village. Mais son père avait déjà refermé et se tournait vers elle. Il la prit par les épaules : « Mauricette, écoute ! Maman va avoir un enfant et je dois téléphoner au docteur Daquin. Tu vas reprendre ton vélo et aller à Saint-Venant chez Mémère. Elle t'attend. Je viendrai te chercher tout à l'heure. Tu verras le bébé. » Mauricette regardait son père bouche bée. Il la lâcha et d'une voix craintive, elle dit : « Ce sera ma petite sœur ! Je veux voir Maman !

— Non, ce n'est pas possible. Il faut que tu attendes. Pour le moment, Mme Gouffroy s'occupe d'elle. Et puis, tu sais, ce sera peut-être un garçon. »

Mauricette obéit, retourna dans la cuisine et enfila son manteau. Son regard fut de nouveau attiré par le bassin dans l'évier. Elle aurait voulu encore questionner son père mais il avait attrapé sa veste et était déjà dehors, en route vers le « Café de la Place » qui faisait office de cabine téléphonique pour le village. Elle entendit sa mère pousser un cri dans la chambre, hésita un instant puis sortit en courant de la maison. Le soir allait tomber.

Mauricette pédalait sur la longue ligne droite vers Saint-Venant. Tout se bousculait dans sa tête. Personne ne lui avait jamais expliqué clairement la naissance des enfants. Elle savait que Jésus était le fruit des entrailles de Marie. À partir de cette métaphore, elle avait imaginé que le bébé mûrissait comme une pomme dans le ventre de la maman, et qu'à un certain moment, le ventre s'ouvrait quasiment comme une porte à deux battants pour le laisser sortir. Dans son ignorance, elle n'avait jamais pensé que cela pouvait faire souffrir et même saigner la maman.

Une inquiétude sourde s'installait en elle. Elle revoyait les linges rougis, la bicyclette renversée et la hâte de son père à prévenir le médecin. Tout essoufflée, elle arriva chez ses grands-parents. Ils étaient dans l'étable occupés à la traite de leurs quatre vaches. Mauricette s'assit sur un tabouret dans un coin et attendit en écoutant le bruit régulier que faisaient les jets de lait dans les deux seaux. Quand ce fut fini, sa grand-mère la fit entrer dans la maison et lui servit une assiette de soupe avec une tartine beurrée. Mémère Beaussart la rassura : « Tu vas vir, cha s'ra un biau pitit ! » Mais le temps passait et son père ne revenant pas, l'inquiétude de Mauricette allait grandissant. En fin de compte, sa grand-mère l'installa pour la nuit sur un lit improvisé avec plusieurs chaises dans la pièce de devant.

Les yeux ouverts dans le noir, Mauricette récitait son chapelet en comptant les dizaines sur ses doigts croisés. Le balancier de l'horloge rythmait sa prière. Elle entendit son grand-père tousser, et sa grand-mère tisonner le feu pour la nuit. Mauricette glissa dans le noir. Au milieu de son sommeil, elle fut brutalement réveillée par le meuglement déchirant d'une vache, puis elle s'endormit à nouveau.

Thérèse Beaussart était morte d'une hémorragie pendant la nuit, après avoir donné naissance à un gros garçon de neuf livres. Les funérailles de la maman furent célébrées le jeudi suivant dans l'église d'Haverskerque. Dans l'assistance, beaucoup pleuraient. Arthur Beaussart était au premier rang en costume noir, Mauricette effondrée à ses côtés sur un prie-Dieu. Les enfants des écoles étaient là, les garçons à gauche, les filles à droite. L'enterrement se fit en pleine terre dans le cimetière près de l'église.

À une centaine de mètres de là, le petit Émile tétait la nourrice que Mme Gouffroy lui avait trouvée dans le village. L'enfant fut baptisé le lendemain. Mauricette était la marraine. Le parrain était Jules Dubuisson, un copain de régiment d'Arthur, originaire de Calonne-sur-la-Lys.

*

Mauricette Beaussart n'avait jamais raconté cet événement dramatique à personne, sauf, des décennies plus tard, en 1989, à Alfonsina Vandenbeulque, quand les deux femmes étaient dans le même pavillon à Saint-Venant.

Alfonsina s'était intéressée à cette malade qui transportait partout avec elle deux livres dans un sachet de congélation. Souvent, sur un banc dans le parc, à la belle saison, ou dans la salle commune lorsqu'il pleuvait, Mauricette les sortait alternativement, lisait des yeux quelques lignes au hasard, puis replongeait dans sa mélancolie. De son côté, Alfonsina avait son exemplaire dépenaillé des *Poésies* d'Arthur Rimbaud qu'elle utilisait comme stimulant à sa propre écriture. Elle s'était fixé comme objectif d'écrire deux vers par jour, ce qui lui permettait de produire un sonnet par semaine.

C'était elle qui avait abordé Mauricette la première : « Bonjour, madame, vous aimez la lecture ? Qu'est-ce que c'est le gros livre là ? Oui, le vert.

— C'est bon pour la nourriture du cerveau. C'est complet mais des morceaux choisis. J'avais celui-là dans mon école d'Haverskerque. Le *Livre unique de français, cours moyen & supérieur.* J'y étais.

— Ah oui, montrez-moi ! Je me souviens,

j'avais le même à Isbergues. Je me rappelle l'histoire du navet. Et une poésie d'Albert Samain. Vous aimez la poésie ?

— Je m'en allais les poings dans mes poches crevées…

— Ah, ça je connais, et mon paletot aussi devenait idéal ! C'est Arthur Rimbaud. J'ai son livre.

— Comme je descendais des fleuves impassibles, je ne me sentis plus guidée par les haleurs, et me voici avalant les médicaments au milieu de mes frères humains. J'ai un autre livre. Les *Fables* de Jean de La Fontaine. C'est ancien. J'étais petite, je voyais marcher tous les hérons dans l'eau dans la forêt. C'était quand Maman vivait, très belle. Je confondais le héron et la cigogne.

— C'est des oiseaux qui se ressemblent.

— Mais le héron n'apporte pas le bébé. C'est à cause de lui que Maman est morte. J'avais déjà presque dans les treize ans. Au matin, elle était morte.

— Mon Dieu ! Vous savez, le mien, je l'ai perdu à la naissance. Je n'en ai plus eu. Michel ne voulait plus, ni moi. Je suis toute seule. Et mes jambes cassées, recollées…

— Comme Rimbaud, la sienne a été coupée à Marseille. Lui aussi, c'était un malheur. Et j'en ai eu encore après. J'ai la tête remplie de tous les malheurs. Il faut que j'aille ailleurs. Aïe ! Aïe ! Aïe ! »

Mauricette avait repris son livre des mains

d'Alfonsina et s'éloignait dans le couloir en trottinant. Alfonsina, le regard brouillé, la suivit des yeux. Elle avait conscience confusément de l'importance de cette première conversation. Dès le lendemain, elles se retrouvèrent, s'apprivoisèrent. Elles échangèrent livres et paroles, larmes et sourires, poèmes et souvenirs.

Lorsque Mauricette, quelques mois plus tard, avait fui Saint-Venant, Alfonsina était non seulement au courant de ses intentions, mais elle avait pu, de manière substantielle, l'aider financièrement. En effet, le tribunal de Béthune avait rendu son verdict et le forain propriétaire du « Circuit des Cimes », reconnu responsable de l'accident, avait dû lui verser une indemnité conséquente, qui s'ajoutait à la rente provenant de l'assurance-vie de Michel Vandenbeulque. Alfonsina percevait aussi l'argent de la quincaillerie d'Armentières qui fonctionnait en location-gérance.

En bonne voie de guérison, elle quitta l'hôpital dans la première semaine de janvier 1990, retournant vivre chez sa mère à Isbergues. Celle-ci mourut dix ans plus tard. Alfonsina quitta Isbergues pour revenir dans la ville de son mari. Elle avait gardé là quelques liens avec des cousins de la famille Vandenbeulque.

Et elle avait aussi retrouvé sa vieille amie Mauricette qui lui avait toujours, de loin en loin, d'ici ou de là, donné de ses nouvelles.

La reine des nieulles des petits sablés ronds des miettes dans le tiroir de la table de nuit. Elle s'appelle Julie, je ne la connais pas. Le défilé en septembre avec les fleurs de l'hôpital. C'est spartiate. Ici vous n'êtes pas en vacances. Les gens travaillent dans les soins. C'est normal pour une anormale mais c'était le nom de l'école. Marcher dans les allées sur les marrons ronds. Un marron et encore un marron. Pour rejoindre à la tombée de la nuit l'étude de lumière jaune. Je vais changer ma chambre pour le petit déjeuner dans le réfectoire. J'arrive à monter les escaliers. Mes jambes sont longues et mon poids reste en dessous. Je suis obligée de regarder dans la glace pour me rappeler la couleur. Ils sont verts comme ma mère. Même sans lunettes. Au Cèdre Vert mais dans une autre salle, j'écrivais avec l'infirmière. Un jeu d'écriture. Des fausses lettres à des gens qui n'existent pas. Et j'aurais pu écrire à tous mes morts une lettre de mon crâne pour leur crâne à eux. J'ai avalé un monstre de Sigourney Weaver mais je ne sais pas le cracher. Il disait ça quelque chose m'a été pris dérobé sans arrêt. Mes mots de code ne fonctionnent pas bien. Je n'ai pas l'accès pour tourner la poignée du robinet des larmes. Oui c'est là que j'ai mal, une boule dure dans mon ventre qui ne saigne pas. Quand je regarde en l'air c'est pour les mots qui s'envolent comme des parachutes de pissenlits. Dans le ciel au-dessus de Saint-Venant Haverskerque en pleine terre. Je ne peux mieux parler qu'en faisant l'effort. J'entends l'alarme siffler dans mon oreille, surtout la droite qui me réduit en esclavage. À Houplines l'inspecteur est venu me voir par surprise. Mon cœur toquait dans ma poitrine. Ma jambe qui tremble. Il prend ma place sur le bureau assez antique. La poussière en gants blancs. Les rideaux noirs sont fermés. J'ai peur d'improviser. L'inspecteur me dit que je ne suis pas là pour être aimée. Ma bohème est trop difficile pour l'école primaire. C'est dommage. J'ai des aptitudes et la hauteur de ma conscience professionnelle. C'était après la promenade fatale au bord de la Lys. J'étais malade en congé de maladie. Il ne m'a pas aidée. C'est une dissociation. Je veux faire comme eux, partir dans le désert en Éthiopie ou dans la montagne au bord d'un lac. Même à la mer. L'horizon est large et loin. J'ai écrit à l'ancienne quincaillerie d'Alfonsina. Elle va m'envoyer une carte pour le téléphone ici dans une enveloppe. Je n'ai pas de mobile. Dans la vallée de l'ombre de la mort. Lui il est mort sans saigner. Tout est resté dans l'intérieur. Je vivais sans règles. Elles sont venues et reparties. Je ne me voyais pas. C'est dommage il n'y a pas de table dans la chambre juste pour poser mon papier et appuyer mes coudes. Je suis restée quatre ans dans cette sombre pension avant d'être la maîtresse d'Houplines. Bonjour, mademoiselle Beaussart. J'étais obligée. C'était ma carrière pendant quinze ans. Mais comment je me rappelle des longueurs de temps comme ça. J'étais née en 33. Que voulez-vous ? C'est comme ça. Adieu mes amis. Je viendrai vous voir un autre jour bientôt. Ensuite j'étais à Ostende Oostende. Pas très longtemps. J'ai vu la plage de Léon Spilliaert comme mon vieux Pépé jardinier. Encore un jardinier mort. Il était ici. Je touche les arbres. J'écoute. Respect au malheur !

Peut-être que je change de chambre avec un cabinet de toilette pour ma toilette et un escalier pas trop raide dans l'aile 13. À Saint-Venant j'étais à l'étage mais ici je n'ai plus de vélo pour monter en faisant attention de ne pas commettre d'éraflures sur le papier peint à cause des poignées de frein. Mon père était rapide sur son vélo mais quelquefois en zigzags. Et il disait que c'était de ma faute et puis de la faute d'Émile pour Maman. Tout ça et lui dans la grange. La boucle est bouclée. J'ai eu plus que mon compte. Beaucoup. Je n'ai pas mérité ces responsabilités. Et sans compensation juste dans les livres. Les mots couchés qui se lèvent devant mes yeux en tournant la page. Saute saute saute ! Celui-ci a tellement d'agitation. Il est saoul. Il doit cuver. Mais une main est détachée pour sa cigarette toutes les deux heures. Il dit qu'il a du cannabis dans sa poche et des canettes dans son sac. Moi je cache des choses mais dans ma tête. Je ne sais même pas pourquoi je n'ai pas dit à Christophe qu'Alfonsina était sur la grand-place d'Armentières. Il me porte sur son dos et je lui ai cloisonné des pages de ma vie. Je vais me débriefer. Je me débriefe avec Jean Racine et

Geneviève Depoorter et avec le docteur Demolins et Mme De la l'eau. C'est leur équipe. Je vais me débriefer avec moi-même. Et avec Alfonsina comme avant et Christophe comme après. Est-ce que je peux choisir ? L'été n'est pas pluvieux. Pas caniculaire comme l'année des vieux morts. J'aimerais bien faire la promenade du mercredi avec le jardinier de la ferme de la Houssoye de Wez-Macquart.

11

La salle d'arts plastiques se trouvait à l'extrémité de l'aile 7. C'était une pièce spacieuse qui recevait de la lumière de trois côtés. Sur le pourtour, entre les fenêtres, alternaient les armoires de rangement du matériel et des fournitures, et des tables sur lesquelles étaient disposés des travaux en cours ou en voie de séchage. Autour de la table centrale, quatre personnes étaient installées, occupées à des travaux manuels, linogravure, broderie, dessin et peinture, sous la direction conjuguée de Bénédicte, une plasticienne qui intervenait à la « Clinique » et de Véronique Blanchard, l'infirmière spécialisée qui travaillait là en permanence.

Remontant du parc, après son premier entretien avec le docteur Demolins, Mauricette dirigea naturellement ses pas vers la salle d'arts plastiques, attirée par la porte ouverte et la lumière solaire qui en émanait. « Bonjour, madame Beaussart, comment ça va ? Je vous présente Bénédicte, c'est une artiste qui vient ici tous les lundis. » Mauricette ne répondit point à l'infirmière mais elle s'assit à la grande table. Elle ne s'étonnait plus que presque tous ici connaissent son nom. Peut-être se rendait-elle compte de la présence tutélaire de cette entité qu'au G18, on appelait « l'équipe » ? De jour comme de nuit, les soignants partageaient les informations et coordonnaient les actions.

En face de Mauricette qui la regardait, de l'autre côté de la table, Bénédicte continua ce qu'elle était en train de faire. Légèrement accroupie, elle parlait à une patiente âgée assise dans un fauteuil roulant. Celle-ci semblait prête à s'endormir, la tête penchée sur le côté. Sur la table en face d'elle était étalée une grande feuille de papier sur laquelle on avait dessiné un animal que Mauricette ne pouvait identifier, peut-être un ours ? ou un lapin ?

Bénédicte parlait sans discontinuer, à voix presque basse, évoquant le travail fait lors d'une séance précédente. Elle encourageait la patiente : « Vous vous souvenez, Ginette, du bijou que nous avons décoré ensemble, lundi dernier. Il était bleu et vert, je crois ? Oui ? Vous allez l'offrir à quelqu'un ? Vous savez à qui ? » Au bout d'un moment, Ginette fit un léger mouvement, toucha l'index de Bénédicte et en serra l'extrémité. La jeune femme, heureuse de ce résultat qu'elle considérait comme une réponse, prit sur la table un pinceau qu'elle trempa dans la gouache, le tendant à Ginette. La patiente le prit, déposa quelques traits de peinture sur le dessin posé en face d'elle, puis retomba dans l'indifférence.

Bénédicte s'adressa à Mauricette, lui demandant si elle voulait dessiner. Celle-ci acquiesça en silence. Mais derrière elle, une voix se fit entendre : « Bonjour à tous, bonjour Véro. Je cherchais Mme Beaussart. Elle est arrivée hier. Je viens voir si je peux l'emmener un moment pour un entretien. » Mauricette se retourna et reconnut la psychologue. Cette fois, un sourire naquit sur son visage. Elle se leva, saisit son sac en paille et la précéda dans le couloir. Émilie Delaleau s'excusa auprès de Bénédicte et Véronique, salua les autres patients, puis rejoignit Mauricette qui attendait déjà à l'autre extrémité du couloir, devant la porte fermée. Elle utilisa son passe et les deux femmes sortirent de l'aile 7, traversèrent la salle commune dans laquelle, comme d'habitude, la télévision bavardait dans le vide. Elles passèrent devant la salle de visites, puis le long du petit salon ouvert. Un homme allongé sur un canapé ronflait bruyamment. Un peu plus loin à droite, se trouvait le bureau de la psychologue, une pièce à son nom. Arrivée devant la porte vitrée, elle sortit une nouvelle fois son passe. En trottinant, Mauricette la suivit.

« Oui, asseyez-vous, je vous en prie, madame Beaussart », dit Mme Delaleau tout en marchant vers son propre siège. Elle s'y laissa glisser d'un mouvement souple, tout en souriant à la vieille dame. Mauricette lui rendait son sourire, mais c'était sans doute aussi le soleil d'été jouant à travers les vitres ou le couple de tourterelles titubant dans les branches du thuya qui ramenaient pour la première fois depuis longtemps un signe d'apaisement sur son visage fatigué.

Émilie Delaleau piocha une feuille blanche dans la ramette ouverte sur un coin du bureau.

« Alors, vous voilà revenue ! Vous êtes bien installée, à l'aile 7 ?

— Moi aussi, j'avais un bureau. J'étais du même côté, pas en face. Je voyais les filles, les bras croisés, avec leurs tabliers à carreaux, elles étaient sages.

— Oui, je me souviens, vous en aviez parlé, la dernière fois que je vous ai vue au Cèdre Vert. C'était à Houplines quand vous étiez institutrice, il y a longtemps... Vous voulez qu'on en reparle ? Vous aimiez bien ce métier ?

— ... »

Elle laissa le silence de Mauricette remplir la pièce, monter jusqu'au plafond et toucher les murs. Après quelques secondes, elle reprit la parole.

« D'accord, je comprends. Vous n'avez pas envie de parler de cette période. Est-ce que vous pouvez me dire ce qui s'est passé la semaine dernière ? Pourquoi le docteur Dufour vous a-t-il renvoyée à la "Clinique" ?

— Au Cèdre Vert, par la fenêtre de votre bureau là-bas, c'était en haut, je voyais le beffroi de Comines. Je voyais les deux aiguilles bouger tout doucement. Pour deviner le bruit des cloches. Ici les tourterelles, je préfère les tourterelles pas les pigeons ramiers. Avant on voyait le héron. Je peux parler du héron qui allait je ne sais où. Je ne sais où. Jeunesaizou jeunesaizou jeunesaizou jeunesaizou jeunesaizou. »

Mauricette continua un moment transformant son « jeunesaizou » en une sorte de comptine. Elle fredonnait en souriant. La psychologue la regardait et remuait les lèvres en même temps qu'elle, silencieusement l'accompagnant un moment dans sa litanie. Diminuendo, Mauricette se tut.

« C'était joli, cette improvisation, madame Beaussart ! Est-ce que vous voulez qu'on parle de l'enfance, de votre enfance. Vous m'avez déjà parlé de votre grand-père, celui qui était jardinier ici. Et de vos grands-parents de Saint-Venant ! » Voyant le visage de la patiente se refermer, Émilie Delaleau changea de sujet.

« Vous ne m'avez pas répondu tout à l'heure, à propos de votre installation à l'aile 7. Vous savez, dès que possible, vous aurez une chambre à l'étage avec un cabinet de toilette. Ce sera plus calme. Je vais en parler à l'équipe. »

Après un autre moment de silence, Mauricette répondit : « Oui en hauteur ce sera mieux. Je peux monter l'escalier. En haut c'est mieux. Au-dessus du niveau de la mer. Mais c'est trop loin, pour la voir. J'aimerais bien y aller pendant l'été.

— Vous avez raison, mais il faut guérir. Bien manger, suivre le traitement. Et puis on pourrait se voir régulièrement. Est-ce que vous voulez qu'on se revoie ? Pour parler. Moi, je vous écoute.

— Oui, je veux bien et aussi mes amis, ils m'écoutent, Christophe et Alfonsina. Elle, je voudrais la voir. Je lui ai déjà parlé de Maman. J'ai raconté quand je dormais la nuit de sa mort. Tout est de ma faute.

— Comment ça ? Qu'est-ce qui est de votre faute ? Vous êtes quelqu'un d'attentionné. Vous êtes gentille.

— Mon père avait raison. Je suis mauvaise. J'ai trahi hi hi... »

Mauricette éclata en sanglots, une toux déchirante, hoquets étouffés. La psychologue lui tendit un mouchoir en papier extrait d'une boîte distributrice sur son bureau. Mauricette s'essuya les yeux.

« Calmez-vous ! Je sais que vous n'êtes pas mauvaise. Vous aimez les belles choses, la poésie, le jardin. Dites-moi, est-ce qu'il vous arrive de faire la cuisine ? »

Mauricette respira profondément. Ses mains tremblaient posées sur la paille de son sac.

« Je cueille la salade dans le jardin. Les limaces, je les tue avec mon couteau. Je les chasse dans la nuit. C'est mon jardin.

— Vous habitez toujours Deûlémont, la maison de vos grands-parents ? C'est bien ça ?

— Oui, madame, comme dans ma vie de petite fille. Avant toutes les choses...

— Quelles choses ? Dites-moi donc, madame

Beaussart. Je vous écoute. Je suis là pour vous écouter. Tout comme vos amis.

— Je ne sais pas. C'est comme la vie une blessure et mes cicatrices là, là et là, dit-elle en se frappant la tête, la poitrine et le ventre.

— Doucement, madame Beaussart, doucement. Ne vous punissez pas ! Vous me disiez avoir parlé du décès de votre maman à Alfonsina. Nous savons bien que vous n'êtes pas responsable.

— Non, mais je n'ai pas parlé d'Émile, jamais, pas la Lys. C'était mon cauchemar. Je ne veux plus de ces cauchemars. Vous savez c'était dans le mois d'avril du dimanche de mort et résurrection dans ce moment, cette journée-là. C'était le chemin de halage mais les péniches se tiraient par des chevaux. Après c'était des tracteurs électriques avec une longue corde solide. Émile, c'est moi, je m'occupais de lui. Maman l'a mis au monde, dans sa mort, enfanté dans la douleur. Le fruit de ses entrailles. Un petit garçon, petit frère. Je l'ai vu. Après j'appris à le changer, m'en occuper. C'était moi la grande sœur. Émile Émile et vous, c'est Émilie ! »

Après cela, Mauricette se tut ; elle s'était animée en évoquant ces souvenirs et des gouttes de sueur coulaient sur son front et ses joues. Émilie Delaleau attendait. C'était la première fois que Mauricette Beaussart faisait allusion à son frère devant elle. Elle griffonna quelques mots sur la feuille restée blanche, se pencha pour ouvrir le tiroir inférieur et en sortit un grand cahier jaune qu'elle posa sur le bureau.

« Madame Beaussart, oui, c'est vrai, je m'appelle Émilie. Et je vous remercie d'avoir parlé d'Émile, votre jeune frère. Il fait chaud ici. J'aurais dû prendre la crémone pour ouvrir la fenêtre. Écoutez, j'aimerais bien encore parler d'Émile avec vous. Demain ? Je pense que vous êtes fatiguée. Demain ? D'accord ? Et puis tenez, prenez ce cahier. Je sais que vous aimez écrire. Ce sera peut-être plus facile pour vous. Vous pourrez noter dedans toutes les choses qui vous viennent à l'esprit. Parler de votre enfance, de votre maman. Raconter la vie ici ou ailleurs, maintenant ou avant. Comme vous voulez ! Rien d'obligatoire. Vous pourrez me le montrer quand on se reverra. Vous pourrez aussi le garder pour vous si vous préférez. »

Mauricette avait fait une boulette du mouchoir en papier. Elle s'essuya le visage avec son mouchoir à carreaux. Elle prit le cahier que la psychologue lui tendait. Sans rien dire, elle le rangea dans son sac au milieu de ses autres possessions.

Après le repas de midi au réfectoire en compagnie de tous les autres patients, Mauricette se retira dans sa chambre pour la sieste. Jean Racine repassa la voir pour demander de ses nouvelles. Un peu plus diserte, elle lui répondit « Oui, ça va », puis s'allongea tout habillée sur son lit. Les mains enfoncées dans les poches de sa robe de toile, elle ferma les yeux, revit quelques instants de son entretien avec le docteur et la psychologue, emmêla les deux séquences et s'endormit. Elle fit un rêve agréable de promenade dans les champs moissonnés, en compagnie d'Alfonsina et de Christophe.

Après la sieste, elle eut la permission de téléphoner. Le point-phone était en dérangement, elle appela du bureau à l'entrée de la « Clinique ». Elle sortit de son sac le carnet d'adresses et composa le numéro d'Alfonsina à Armentières. Les sonneries se succédèrent jusqu'à la voix synthétique qui lui commanda d'enregistrer son message après le bip. Obéissante, elle parla à la machine : « C'est moi, Alfonsina, c'est Mauricette, je suis dans la clinique du G18. On me soigne. Je ne peux pas sortir et tu viens me voir. Je t'attends pour la promenade. À bientôt. » Elle raccrocha sans se soucier de la touche dièse, remercia l'infirmière et alla s'asseoir à une table dans la salle commune où elle commença d'écrire dans le cahier jaune.

Alfonsina Vandenbeulque habitait sur la grand-place d'Armentières, en face du beffroi. La quincaillerie avait été fermée et le magasin en façade était maintenant occupé par une officine de téléphonie mobile. Alfonsina, aidée par le notaire de la famille, avait fait transformer les lieux et conservé pour son usage l'arrière de la maison qui était suffisamment vaste et offrait l'avantage d'un petit jardin en centre-ville. Le haut avait été divisé en studios qu'elle louait à des élèves infirmiers.

Malgré la chaleur qui régnait en ce début d'après-midi, elle était passée à la médiathèque pour emprunter, entre autres livres, des poèmes d'Emily Dickinson et quelques DVD de films d'action pour les temps caniculaires qui s'annonçaient. À son retour, elle écouta le message de Mauricette et n'en fut ni surprise, ni attristée. Au contraire, elle se réjouit de cette rupture dans son quotidien banal.

Elle feuilleta le *Guide* pratique et touristique de la ville. À la rubrique « Santé et prévention », une page entière était consacrée à l'Établissement public de santé mentale. Elle trouva le numéro du secteur G18, appela et obtint les horaires de visites. En attendant 16 h 30, elle se servit un verre de jus de pamplemousse avec des glaçons et s'installa sur la balancelle, à l'ombre dans le jardin, avec le volume d'Emily Dickinson, *Une âme en incandescence.*

Depuis ses premières lectures de Rimbaud, Alfonsina avait développé son goût pour la poésie et agrandi le champ de ses connaissances en la matière, aidée en cela par son amie Mauricette, laquelle ne manquait jamais de lui recommander tel ou tel auteur à l'occasion de leurs rendez-vous du vendredi, jour de marché, pour lequel Mauricette venait parfois de Deûlémont.

Au téléphone, la voix de Mauricette était tendue. Alfonsina avait senti la fragilité. Elle sourit pourtant, heureuse de pouvoir partager du temps, les rires et la tristesse, le passé et le futur. La poésie, en fait ! Elle ouvrit le livre d'Emily Dickinson et lut le poème n° 301 du 20e cahier :

Je me dis : la Terre est brève —
L'Angoisse — absolue —
Nombreux les meurtris,
Et puis après ?

Je me dis : on pourrait mourir —
La Meilleure Vitalité
Ne peut surpasser la Pourriture,
Et puis après ?

Je me dis qu'au Ciel, d'une façon
Il y aura compensation —
Don, d'une nouvelle équation —
Et puis après ?

Elle se réveille dans la douceur quelquefois. Je parle d'elle mais c'est moi. Mais on me réveille dans la pudeur ici. Je ne me cache pas. Ensuite je change de chambre. Les marches ne craquent pas du tout même pour les lourdauds. Ce n'est pas un éléphant qui habite la chambre au-dessus. Il n'y a pas de grenier avec de l'idée noire. Les plateaux se suivent sur la grille. Je préfère manger des choses naturelles, de la salade et des fruits ou même du pain séché. Il fond entre mes dents. Personne ne peut voir l'intérieur de ma bouche. J'avais vu une langue comme une souris morte mais sans la queue. Je n'ai pas eu de langue d'homme dedans. Parfois les larmes font du bruit dans la bouche. La gorge petit boa constrictor qui serre qui serre l'air. Je n'ai pas été frappée dans la figure. Jamais. Elle deviendrait peut-être toute noire surtout le masque des yeux.

Ici quelqu'un me ressemble mais ses cheveux sont blancs et plus longs que les miens. Elle parle doucement ses yeux sont bleus, pas verts comme ceux qui me regardent dans le miroir. Elle s'étonne de voir sur-

gir des gens à tout instant, portes qui s'ouvrent et claquent. Je n'ai pas beaucoup parlé du petit frère devant Alfonsina. C'est trop difficile mais pour elle aussi. Avoir eu un poids mort dans les entrailles. Il était bleu en sortant. Je peux me parler en ce moment sur le papier mais je n'écris pas son nom et ce qui arriva. Mauricette tu n'es pas un petit chat qui joue avec la bobine de fil.

Il fait chaud comme dans le désert de l'Algérie, mais ce n'est pas drôle. On a vu la photo de Roger dans L'Écho de la Lys. *Il mourut au combat des fellaghas. Il est revenu en avion avec un drapeau sur son cercueil. Je n'ai pas pleuré à cause de l'habitude du malheur. Il m'écrivit une seule fois de Colombéchar. Colombe et char. La paix et la guerre comme un roman. Héron avec un bébé. Colombe avec une branchette d'olivier. Sa mère m'a montré une rose des sables sur sa cheminée. On a fréquenté légèrement, juste marcher avec la main dans la main deux fois à Houplines après l'école. Ensuite il est parti. J'ai envoyé du courrier sans réponse.*

Je fais l'équipe de jour et l'équipe de nuit. Même si je suis normale je suis bizarre. C'est aussi comme ça pour Christophe. J'ai entendu cette phrase pour la noter dans le cahier jaune mais qui me la disait ? À l'oreille gauche à travers le drap : « Va à la mer, rien ne t'apaisera autant que le va-et-vient régulier et le murmure des vagues. » Je coule dans la torpeur avec la sueur sur les rides, rigoles du visage. Mauricette Mauricette je me double. Je souffre deux fois. Je guéris deux fois. J'entends des histoires à la table le nez penché sur le plateau gris gris gris. Ma douleur dans la poitrine. Ta douleur dans ta poitrine. Elle me regarde avec ses yeux bleus ou alors c'est moi. On compte les phrases et il y en a trois. On se tait dans la compassion. Son fils s'est liquidé. Elle dit qu'elle ne veut pas leur faire de la peine. Le bruit du couteau bing gling ding sur le carrelage.

Les fantômes sont assis sur les chaises vides autour de la table. C'est comme des trous dans les gencives, les dents qui sautent, qui tombent. Moi j'en ai trois en moi, en moins. La langue entre dedans. Je peux lui parler parce qu'elle fait attention à ma vie. Elle ramène de l'air. C'est gentil de faire attention à moi. On peut dire qu'elle ne le mérita mérite pas ou aussi t'as bien du mérite. Une médaille peut-être ? Lui il croit qu'il va arriver à grossir en disant je le veux. Comme la grenouille ! Je tourne dans le couloir comme une montre. Big Ben Brother… Mais moi grande sœur. Jusqu'à quand ? Je tourne dans mon malheur. Elle est bien huilée, la vieille. Et elle a le droit d'écrire des bêtises dans ce cahier, même mes courses à faire comme des socquettes ou du lait demi-écrémé, des tranches de jambon séché. La couleur du pilulier. C'est loin d'être un arbre à fruits. Pas de feuilles à cigarettes. Depuis longtemps. Moi je suis prise en charge tout de suite à cent pour sans. Sauf ma chemise de nuit à fleurs roses. Dans le placard. Je ferme toujours la porte doucement pour ne pas être bruyante à la dernière seconde.

Dans le parc les nuages passent au-dessus de mes têtes. Pas dans le couloir. Je ne les vois pas. Déjà je ne serre plus les poings devant mes yeux. Comme un boxeur. Un boxeur en papier. C'est mon petit ring à cordes bleues le cahier jaune. Je fais une place dans les coins du ring. Une place pour Christophe de Comines, une place pour Alfonsina d'Armentières et une place pour Pépé Léon de Deûlémont. Moi je tords la wassingue et la peau de chamois et la lavette. La la la. Dans le seau. Ils sont ensemble dans le cahier. Clac je ferme les pages. Clac j'attrape les mouches. Du sang et du blanc écrasé. Du jaune comme pipi au lit. Il faisait ça Émile, souvent, chaud et froid le matin.

12

Une âme en incandescence avait glissé sur les genoux d'Alfonsina qui, sous les influences conjuguées de la poésie d'Emily Dickinson, de la chaleur estivale et de l'oscillation de la balancelle, venait de s'endormir. La mélodie carillonnante du beffroi d'Armentières la ramena dans la population active. Quatre coups suivirent l'interprétation de *La Madelon.*

Alfonsina rentra avec son livre, se regarda dans le miroir du salon, attrapa son sac à main sur le buffet et sortit sur la Grand-Place en empruntant le couloir couvert qui longeait l'ancienne quincaillerie transformée en Salon des opérateurs du téléphone portable mobile & privé.

Ne voulant pas arriver avec trop d'avance, elle choisit d'allonger le chemin, quittant la Grand-Place par la rue de Lille. Les années passant, et à force d'exercices réguliers, les séquelles de son opération étaient moins visibles. Son boitillement avait notablement diminué. Elle tourna à gauche dans la rue Ernest-Deceuninck. Elle le rencontra au bout de la rue, face à la Bourse du travail.

Ouvrant sa chemise à deux mains, Ernest Deceuninck se tenait comme en 1915 face au peloton d'exécution allemand, attendant que les balles déchirent sa poitrine. Comme chaque fois qu'elle passait devant la statue du héros, Alfonsina Vandenbeulque pensa à ces milliers de jeunes hommes morts pendant la Grande Guerre. Elle ne se posait pas la question de savoir si d'autres avaient les mêmes pensées devant ce monument ou devant les alignements de stèles et de petites croix dans les nombreux cimetières militaires de Flandre et d'Artois.

Elle prit la rue Leclerc, autre nom, autre guerre, pénétra dans l'EPSM par l'entrée principale. Pendant la journée, l'établissement était ouvert à tous. Pourtant, peu nombreux étaient les Armentiérois à se promener dans les allées arborées du vaste parc. Malgré les changements intervenus dans la psychiatrie, le lieu portait encore dans l'esprit de nombreuses personnes une charge symbolique difficile à soulever. Les choses cependant continuaient à évoluer, et dans quelques années, il n'y aurait peut-être plus là un seul lit d'hospitalisation.

Quittant l'allée principale et son impressionnant cortège de tilleuls, Alfonsina se dirigea vers la « Clinique ». Elle eut la joie de voir un pivert traverser l'allée devant elle, un vol rapide accompagné d'un grand rire ! Il s'engouffra à sa gauche dans la haie vive. En arrivant devant la « Clinique », elle s'arrêta pour admirer le massif fleuri. Deux jardiniers s'y employaient, désherbant à la main le mouron qui avait poussé entre les pieds d'œillets d'Inde. Elle sonna. L'infirmière de garde lui ouvrit et s'enquit de l'objet de sa visite.

« Il vous faudra attendre. Votre amie est avec la psychomotricienne. Elle ne va pas tarder. Elle n'est pas autorisée à sortir du bâtiment. Vous pouvez aller dans la salle de visites. Suivez-moi, je vais vous montrer. »

Dans la salle de relaxation, Agathe Cordonnier, psychomotricienne du secteur G18, venait de demander à ses trois patients de s'installer le plus confortablement possible, tout en leur diffusant un morceau de musique, céleste, éthérée, planante, ambiante... Ces adjectifs défilaient dans la tête de Mauricette Beaussart qui, le dos au mur, avait choisi de rester assise sur un gros coussin parallélépipédique de caoutchouc orange et bleu. Elle se rendait compte que cette heure et demie en compagnie de Mlle Cordonnier lui avait fait du bien. Évidemment, elle n'avait pas réussi à pratiquer tous les exercices aussi correctement qu'elle l'aurait souhaité. Son âge était en cause bien sûr. Mais elle avait effectué certains mouvements de torsion et d'élongation qui l'avaient obligée à se concentrer sur son corps, lequel, après tout, n'était pas si délabré ! En même temps que la musique, la voix de la psychomotricienne suggérait, devenait presque hypnotique, rappelant avec des mots choisis les gestes accomplis et les sensations vécues pendant l'atelier.

En face de Mauricette, un gaillard placide s'était allongé sur le dos au milieu de l'énorme coussin gonflable jaune et rose. Il avait les yeux fermés mais ne pouvait s'empêcher de temps à autre de les ouvrir pour regarder l'heure à sa montre de poignet. Une dame corpulente débordait de sa chaise ordinaire. D'une voix geignarde de petite fille, elle avait refusé la plupart des exercices, affirmant d'emblée qu'elle n'y parviendrait pas ou désirant connaître d'abord le pourquoi. Chaque fois, sans perdre patience, Agathe Cordonnier avait répondu à ses questions, à ses arguments. La séance s'achevait. Il était 16 h 30. On s'étira comme au matin d'une longue nuit.

Alfonsina regrettait de n'avoir point emmené son livre, comme elle le faisait chaque fois qu'elle risquait de devoir attendre chez le médecin ou le dentiste. Elle n'aimait pas les magazines entrelardés de publicités clinquantes qu'on trouvait abandonnés en vrac sur les tables basses dans les salles d'attente. Elle les feuilletait du bout des doigts, vaguement dégoûtée, comme s'il s'agissait de produits issus du tri sélectif, ce qu'ils étaient d'ailleurs par anticipation.

Ici la question ne se posait pas. Les deux petites tables étaient nues. La seule lecture possible était sur le mur celle d'une affiche intitulée

« Charte d'engagement — Mains propres », ce qui, s'avoua-t-elle, rejoignait le cours de ses pensées. Alfonsina se leva pour jeter un coup d'œil au-dessus de la demi-cloison qui permettait un minimum d'intimité aux familles présentes en même temps.

Cette seconde partie était meublée d'une table ronde encadrée de quatre chaises, façon salle à manger. Quelques miettes de biscuits gisaient sur la table. Alfonsina s'approcha du tableau artistique collé au mur, un assemblage de plaques de liège, munies de collages et dans lesquelles étaient découpées des fenêtres, le tout figurant une sorte de plan, un lieu d'enfermement vu à la fois de profil et de dessus. L'artiste ou le patient y avait même fait figurer une reproduction de graffiti. Alfonsina s'avança au plus près et lut : « Oublie personne aux cochons. » Cette injonction énigmatique lui apparut comme un éclat de poésie au milieu de cette salle de visites très fonctionnelle avec ses fauteuils bas, tubes en métal, dossiers en skaï rouge brique et assises en skaï bleu pétrole. Un bleu qu'on retrouvait sur la tapisserie des murs.

Alfonsina s'approcha de la fenêtre qui donnait sur l'entrée de la « Clinique ». Les jardiniers étaient partis. Son regard fut attiré par un mouvement au sol à l'aplomb d'un des lauriers plantés contre le mur, à gauche de la fenêtre. Un gros merle noir grattait vigoureusement dans les feuilles sèches. Il darda son œil jaune vers elle.

« Allez-y, entrez, madame Beaussart. Votre amie vous attend. Bonjour, madame. » Le merle s'envola en même temps qu'Alfonsina se retournait. La personne de Mauricette s'encadrait dans la porte. Derrière elle, après un signe de tête en direction d'Alfonsina, l'aide-soignante en blouse blanche et bleue s'éloignait déjà. Les deux femmes avancèrent l'une vers l'autre, se rejoignirent au centre de la pièce. Alfonsina ouvrit les bras, les referma sur son amie. Elles restèrent ainsi quelques secondes sans bouger. Mauricette laissait pendre ses bras ; ses doigts s'entortillaient dans le tissu de sa robe. Alfonsina lui tapota délicatement le dos, puis relâchant son étreinte, recula d'un pas. Le regard de Mauricette était brouillé. Une goutte roulait sur sa joue et ce n'était pas de la sueur. Alfonsina tendit les deux mains et cette fois, Mauricette les saisit. Très lentement, elles se mirent à tourner ensemble au centre de la pièce. Presque en même temps, elles commencèrent à fredonner mezza voce à bouche fermée l'air de *Violettes impériales*.

La porte qui donnait sur le couloir était restée ouverte et, à coup sûr, Émilie Delaleau, Jean-Marie Demolins et René-Victor Dejackerre eussent été surpris en voyant la danse improvisée par les deux amies au milieu de la salle de visites. Dans un double éclat de rire, Alfonsina et Mauricette s'arrêtèrent. Alfonsina ferma la porte. Assises l'une à côté de l'autre, face à la fenêtre, elles reprirent leur souffle et se regardèrent.

« C'est dommage que tu ne puisses pas sortir, par ce beau soleil ! Je suis venue à pied.

— Tu es venue... Je suis là. Tu es venue.

— Oh, je reviendrai. Dis-moi si tu as besoin de quelque chose. Du linge ? Des fruits ? Des livres ?

— Oui, j'ai besoin pour le point-phone, la carte pour la fente. J'ai ma valise de Christophe qui l'a remplie, bien remplie. Il doit venir aussi. Il viendra. Je mange bien. Je chercherai des livres dans la bibliothèque du Centre social et la cafétéria. J'écris aussi dans un grand cahier jaune. Je l'ai laissé dans le bureau avec mon sac. Je ne parle pas beaucoup ici avec ma voix. Je t'ai déjà parlé. Je sais pourquoi je suis ici. Il faut m'aider pour que je le dise. J'ai envie. Je connais les mots. Mais j'ai peur de commencer. Certaines choses même je ne saurais pas les écrire, ou alors seulement dans ma tête. Je n'ai pas tout oublié. Quelquefois ce serait pratique comme l'ardoise magique. Tu connais ça. On la retourne à l'envers et secouez secouez, on peut recommencer. Tout est effacé. Je voudrais les effacer mais avant de les effacer, je dois les dessiner. Comme Maman qui saigne sans rien à faire. Impossible d'arrêter l'hémorragie. Papa m'a raconté plus tard. Mais ce qui est difficile c'est plus tard. Papa ne l'a dit qu'une fois, que c'était de la faute d'Émile si elle était morte. Il était petit. »

Mauricette leva les yeux. Elle recommença à tordre le tissu de sa robe. Alfonsina la regardait intensément.

« Mauricette, il s'est trompé. Il n'aurait pas dû dire ça. On ne doit pas dire ça. La vie est mal faite.

— Oui, on devrait commencer par mourir. Faire à l'envers. Je rêve des images de ça.

— Moi, j'y pense quand il fait du vent, quand il pleut. Mais c'est physique. J'ai mal dans les articulations et ça me fait penser au reste. À mon accident. Au bébé. Je préfère l'été.

— Pour moi, c'était le printemps, en avril. On se promène au bord de la Lys. Il ne voulait pas donner la main. J'entends Mémère qui parlait de Marie-Groëtte. Elle va t'sacquer dins l'iau ! C'était quand j'étais petite. Je savais qu'il n'y avait pas de Père Noël. Mais j'avais peur de Marie-Groëtte. Émile n'avait pas peur. Il avait presque quatre ans. Tu sais ce que c'est un groët ?

— Oui, bien sûr, mon père en avait un à Isbergues. C'est pour arracher les pommes de terre. Comme des grandes griffes en fer au bout d'un manche en bois.

— Exactement. Voilà, elle s'appelle Marie-Groëtte à cause de son groët. Elle vit dans l'eau avec. Elle s'en sert pour t'attraper si tu t'approches. En plus tu saignes. Tu es blessée. Le sang coule dans l'eau comme pour attirer les requins du Commandant Cousteau. Les requins c'est des Marie-Groëttes de la mer mais seulement dans les pays chauds. À Malo, à Merlimont, à

Berck, il n'y a pas de requins, seulement des coquillages et des crabes. Ils sont trop petits pour pincer. Ils vivent dans les flaques comme les crevettes. Il ne faut pas marcher dessus. »

Mauricette s'était échauffée en parlant, avait même haussé la voix. Alfonsina lui prit la main : « Doucement Mauricette, doucement. Tu sais, c'est une bonne idée, la mer. Oui, c'est une bonne idée. Tu vas continuer à te soigner, bien dormir ici. Je vais revenir te voir et je te rapporterai une carte téléphonique. Ce sera plus pratique. Je vais te dire au revoir maintenant. Et puis, si tu vois Christophe, je me souviens de lui, tu le salueras de ma part.

— Non, pas Christophe. Il ne sait pas ça, il ne sait pas que tu viens me voir. Je préfère. Pour lui, c'est mieux.

— Comme tu veux. Tu me raccompagnes ? » Et disant cela, elle ramassa son sac sur la table basse.

Les deux femmes quittèrent la salle de visites. Dans l'entrée de la « Clinique », Alfonsina déposa deux gros baisers sur les joues de son amie. La porte claqua derrière elle. Roseline Duponchelle sortit du bureau avec le cabas de Mauricette et la raccompagna jusqu'à la salle commune. C'était l'heure du goûter. Mauricette s'assit dans un fauteuil, son sac à ses pieds, pour grignoter sa tranche de pain d'épices et boire un gobelet de jus d'orange en compagnie d'autres patients. L'écran de la télévision capta son regard. Elle avait, consciemment ou non, après ce moment passé en compagnie d'Alfonsina, besoin de se vider la tête. Rien de tel que la télévision pour l'y aider.

Quand je ne me sens pas malade, je me sens malade extérieurement, c'est compliqué. Mais je prends le traitement tous les jours, comme se lever tôt ou commencer par la soupe et finir avec du port-salut ou un yaourt. Je ne veux pas regarder les vieilles photos. C'est trop difficile tout ce temps qui a passé et la douleur accumulée comme la lumière des trous noirs. On n'échappe pas. Je suis capable de me regarder en maintenant l'inexpression de ma face. Je peux y penser en marchant, je traîne tout ça dans le couloir sur le carrelage une bave d'escargot qui me suit. Je me retourne, c'est sec, y a plus rien. Il faut que je marche. C'est le transit pour le transit. Je marche droite. Je passe près du téléphone et j'entends les gros mots qui s'échappent sous le toit de la cabine. Je n'ai jamais su dire les gros mots. Je comprends presque tout. Il y a aussi des horreurs dans la paix d'Ophélie et les insectes avec des petites et des petits. Je n'écris pas les vrais mots. Je me souviens aussi des pattes d'un veau chez Mémère Beaussart. Elles dépassaient de la vache et Pépère tirant sur les cordes pour le faire sortir. Il tomba dans la paille. Le veau de quatre lettres et de quatre pattes. Le mou des veaux, les mots de vous. Je les garde dans ma tête et dans mes cahiers. C'est ma collection. On disait que Mémère Beaussart avait dû se faire soigner mais il n'y a pas de preuves. Elle avait peut-être eu un coup de pied d'une vache pendant la traite sur la tête. C'est possible.

Personne ne m'appela jamais Maman. Je n'ai qu'un seul nom. Je ne suis. Mais le sang a coulé au printemps. C'était la période. Quand la guerre était finie. Mon sang coula. Je suis asséchée depuis longtemps. Aride à rides. Ma mère non plus n'a pas vécu la mort de son enfant. Je sais écrire ça. Comme disent les Belges. Je n'ai pas eu ce geste. Je ne sais même pas mais je n'ai pas fait le contrat obsèques pour moi. Au bout de ma vie, j'ai tout mon temps. Je vais en prendre avec Alfonsina. Ah ça ira. On a perdu ensemble. Adieu veau vache cochon couvée papa maman roger émile. À la place, on a des mots des vers des rimes. On peut même trouver des alexandrins dans les prospectus comme « Grand arrivage d'huîtres et de poisson fumé » ou bien aussi sur les étiquettes des médicaments « Ne jamais laisser à la portée des enfants ». Les petits ne doivent pas s'approcher. C'est dangereux. Moi je peux mettre la tête sous l'eau mais c'est de l'eau physiologique qui fait la même température et pas troublée. Le docteur m'a proposée à l'hydrothérapie. Ce n'est pas un aquarium mais il y a des bulles et du remous comme derrière les péniches. C'est trop chaud pour les poissons. On est assis comme les Japonais dans un grand tonneau en bois, mais eux sont debout et ici c'est cimenté avec des gradins pour s'asseoir jusqu'au cou. Au début j'ai un peu honte mais c'est un maillot de bain d'une seule pièce. C'est à cause de mes jambes maladives mais je ne vais pas me baigner en corsaire. C'est une bonne détente avec Mlle Cordonnier, la psychomotricienne. On n'est pas obligé de s'échauffer dans l'eau chaude. C'est mon cahier pas mon journal.

Quand le docteur Demolins m'interroge, je peux répondre en cochant les cases dans ma tête. Elles sont toutes là. C'est oui ou c'est non. Une croix c'est barré mais c'est oui ou c'est non. C'est comme le loto. Il y aura un loto au Centre social. Avec des haricots sur les numéros des cartons. Pépé Léon connaissait tous les autres jeux de cartes. Avec des as et des valets, du trèfle et du cœur. Il m'en apprit même une seule, une réussite. Manille belote bataille et mettre au pot. Je me souviens du lapin. Je l'ai acheté à la ferme pas loin de la briqueterie. Là aussi, il y avait un four pour les cuire. La peau devient toute noire toute bleue toute verte. Elle fume. Je sens le roussi qui me rend malade. C'est pire que l'ébonite brûlée. Des guêpes en train de crever dans la lampe halogène. J'aurais été une guêpe il m'aurait écrasée en craquant mon corset sous ses bottes pleines de fumier. Ma cervelle serait sortie de ma tête par mes oreilles et mes yeux et les trous de nez. Je suis étouffée. J'ai des gaz qui sortent. Je m'éloigne de ma puanteur. Je ne sais plus quoi faire. Je me débats et je m'enfonce encore plus. Si j'avais des sandalettes en plastique je serais plus légère. Il faut que je me desserre. Moi je n'ai pas fait de résistance. La maladie m'attrape comme elle veut. Elle me coince au fond du couloir, au fond dans ma gorge. Comment je vois mon avenir. Comment je vois mon avenir. Comme ange vois Mona venir. C'est une chanson. Je ne sais même pas qui c'est. J'existe. J'ai mal. Je vais sortir. Je vais m'alléger. Je ne suis pas en villégiature. Je voudrais guérir. Estimez-vous heureuse ! Oui, je vais m'estimer. Je suis encore la chèvre émissaire. Je recycle la souffrance. Je passe à travers les portes coupe-feu. Je vais et je viens. Pour voir mon avenir.

13

Après le drame de 1946, la vie avait continué son cours cahin-caha. Arthur Beaussart avait quitté la maison d'Haverskerque pour s'installer à Saint-Venant chez ses parents avec sa fille et le bébé. Mémère Beaussart avait accepté de s'occuper temporairement du petit Émile. Grâce aux subsides fournis par les grands-parents de Deûlémont, Mauricette avait pu continuer ses études à Hazebrouck où elle était pensionnaire. Pendant les vacances scolaires, elle retrouvait sa famille et devait s'occuper de son frère.

Après la guerre, en raison des destructions infligées au port de Dunkerque, l'aide américaine en ravitaillement arrivait à Anvers. En plus de son travail à la ferme, Arthur Beaussart effectuait des allers-retours en Belgique pour ramener dans les sacoches de son vélo des cigarettes, des bas nylon, du chocolat et divers produits rares et chers sur le territoire français. Cette activité de contrebande améliorait ses revenus et le rendait moins dépendant de ses parents. Il tenait plus facilement tête à sa mère qui avait reporté sur Mauricette l'agacement qu'elle éprouvait à l'égard de sa belle-fille décédée.

Entre la solitude vécue en pension et les vexations infligées par la grand-mère, la vie était difficile pour Mauricette. Elle s'était repliée dans la caverne de ses souvenirs. Lorsqu'elle pouvait échapper à la routine de la pension ou à l'accumulation des tâches domestiques qui lui incombaient à son retour, la presque adolescente se plongeait dans la lecture. Son père avait conservé les livres de sa femme et Mauricette puisait dans cette réserve pour s'évader d'une réalité pesante et douloureuse. Elle avait aussi des moments de grâce lorsqu'elle accompagnait l'éveil du petit Émile.

À chacun de ses retours à la maison, elle se délectait des changements intervenus. Il grandissait, il souriait, ses cheveux bouclaient, il disait merci, il se redressait, il tenait sa cuillère, il riait aux éclats, il avait des dents, il donnait des baisers, il faisait ses premiers pas…

En juillet 1948, Mauricette Beaussart fut reçue au concours d'entrée à l'École normale d'institutrices de Douai. Son père accueillit cette nouvelle avec soulagement. L'État prendrait maintenant à sa charge jusqu'au baccalauréat les études de Mauricette qui ensuite exercerait un métier honorable et considéré.

*

Le 17 avril 1949, jour de Pâques, Mauricette en vacances communia et pria pour sa mère dans l'église de Saint-Venant. À la sortie de la messe, le ciel était clair, l'air était vif. Mauricette faisait claquer ses souliers sur la route. Les hirondelles virevoltaient au-dessus de la ferme aux murs de torchis passés à la chaux.

Après le pot-au-feu du dimanche, on déroula le tapis de cartes et les grandes personnes commencèrent une partie de manille, les grands-parents Beaussart opposés à leur fils et à Jules Dubuisson, le parrain d'Émile. Mauricette faisait la vaisselle. Le petit Émile qui venait tout juste d'avoir trois ans jouait sous la table avec la toupie mécanique apportée par son parrain. Ayant essuyé et rangé la vaisselle dans le buffet de la cuisine, Mauricette revint dans la salle à manger. La troisième partie battait son plein.

« Atout ! Atout ! Et ratatout ! », cria triomphalement Mémère Beaussart abattant ses dernières cartes, en frappant du poing sur le tapis. Mauricette profita de cet instant pour formuler la demande qu'elle avait méditée devant la bassine.

« Est-ce que je peux aller me promener avec Émile ? »

Son père acquiesça, mais sa grand-mère demanda :

« Où cha ?

— Il fait bon. Je vais aller jusqu'au champ au bord de la Lys.

— Fais bien attention à tin frère !

— Oui, Mémère. Je vais prendre la poussette.

— Et mets-li sin cache-col et sin béret. L'air y est cor cru. »

Mauricette prit la main d'Émile et lui montra son paletot bleu marine. Le visage de l'enfant rayonnait. Il sautillait pendant qu'elle l'aidait à enfiler les manches. Mauricette lui vissa son béret sur la tête et lui noua son cache-nez en laine rouge. C'était elle qui l'avait tricoté cet hiver. À son tour, elle passa son manteau. Ils sortirent. Devant eux, au milieu de la cour, le tas de fumier fumait sous le soleil d'avril. Mauricette souleva Émile par les épaules pour lui faire franchir la rigole de purin qui sortait de l'étable à vaches.

En passant devant la buanderie, elle décida de ne pas prendre la poussette. Après tout, Émile était capable de marcher un peu. Et puis, s'il était fatigué, elle le porterait sur son dos pour rentrer. Elle l'avait déjà fait. Elle aimait transporter ce doux fardeau, elle aimait cette proximité avec l'enfant qui lui serrait les bras autour du cou et qui babillait par-derrière à son oreille de grande sœur.

Pour l'instant, Émile lui donnait sagement la main. Ils passaient entre les haies d'aubépines qui bordaient les pâtures de chaque côté du chemin d'accès à la ferme. Arrivés sur la grand-route, Mauricette affermit sa main sur la main du petit. Ils prirent à gauche vers Haverskerque. À l'approche de la Lys, ils entendirent le bruit de l'eau qui retombait dans la rivière en passant par-dessus les vannes de l'écluse. Le pont avait été détruit pendant la guerre. En attendant sa reconstruction, on l'avait remplacé par un pont en bois. Lorsqu'ils arrivèrent dessus, Mauricette marcha en claquant les pieds le plus fort possible. Elle aimait faire résonner ce pont. Émile éclata de rire et se mit également à sauter pour faire du bruit avec ses petites bottines. Ils jouèrent ainsi un moment jusqu'au passage d'un groupe de cyclistes échevelés. Émile avait chaud. Il dénoua son cache-nez. Au bout du pont, les enfants quittèrent la route nationale pour suivre le chemin de halage. Un bruit assourdissant les fit se retourner. Un autobus Citroën fumant et grondant passait sur le pont de bois qui vibrait sur toute sa longueur dans un vacarme du tonnerre. Émile lâcha la main de sa sœur et se couvrit les oreilles en serrant les dents et en fermant les yeux.

L'autobus s'éloigna dans la direction d'Hazebrouck. Ils continuèrent leur promenade. Mauricette avait envie d'aller jusqu'à la passerelle d'Haverskerque qui franchissait la Lys à deux ou trois kilomètres de là. Ainsi, ils pourraient revenir en marchant sur l'autre rive. Dans un coin de son esprit, elle pensait aussi à la héronnière dans la forêt de Nieppe, mais elle savait bien qu'Émile était encore trop jeune pour aller à pied jusque-là.

Tout en avançant au long de la rivière, Mauricette parlait à Émile, lui indiquant les noms des plantes et des arbres, attirant son attention vers les fleurs qui s'épanouissaient dans l'herbe de chaque côté du chemin. Émile répétait « Pâtrette, pichenlit, pâtrette, pichenlit... ». Mauricette aurait bien voulu que passe une péniche pour voir briller les yeux du petit, mais c'était dimanche, et qui plus est, dimanche de Pâques ; les mariniers ne travaillaient pas.

Les enfants eurent cependant la joie d'entendre le chant du coucou. Émile s'arrêta, écouta, le doigt levé. Il se remit en route en disant : « Coucou, coucou, coucou ! » Presque en même temps, Mauricette aperçut son homonyme, plusieurs touffes. Des coucous des bois. D'un jaune vif. Magnifique ! Elle se précipita, se baissa et commença à en faire un bouquet qui rayonnait au-dessus de son poing fermé. Quand elle eut fini, elle se releva pour le montrer à Émile. Un effroyable sentiment d'horreur lui broya le cœur. Elle ne voyait plus son frère. Il n'était plus sur le chemin. Il avait disparu.

Mauricette se précipita vers le bord de la rivière, son bouquet à la main. Rien. Les larmes brouillaient son regard. Elle cria « Émile ! Émile ! ». Elle entendit encore une fois le coucou, puis le silence. Elle jeta son bouquet dans la Lys, fit quelques pas le plus près possible du bord, attentive à ne pas glisser dans un des trous creusés par les ragondins. Passé une touffe d'iris, Mauricette vit une tache circulaire qui affleurait à la surface de l'eau. Elle reconnut le béret d'Émile, tomba à genoux, son visage enfoui dans l'herbe, étouffant ainsi un long hurlement de désespoir.

*

On repêcha le corps de l'enfant à l'entrée de l'écluse. Mauricette ne put assister aux funérailles, car elle était à l'Hôpital d'Hazebrouck où on l'avait transportée après qu'Arthur Beaussart l'eut retrouvée, prostrée, quasiment inconsciente, presque paralysée mais tremblante de fièvre, au bord de la Lys. Les gendarmes durent attendre qu'elle aille mieux pour l'interroger, afin de connaître les circonstances exactes ayant entraîné la mort par noyade du jeune Émile Beaussart. À l'hôpital, elle reçut la visite de Léon et Germaine Duval qui avaient fait le voyage de Deûlémont pour assister à l'enterrement de leur petit-fils. C'est tout juste si elle les reconnut.

Pendant leur séjour, les grands-parents Duval proposèrent à Arthur Beaussart d'emmener Mauricette chez eux pour l'éloigner des lieux du drame et l'aider à surmonter le choc. Le père de Mauricette accepta. Au fond de lui, il sentait couver une flamme de colère contre sa fille, responsable à ses yeux de la mort de son fils.

L'état de Mauricette s'améliora lentement. Après quelques semaines, elle put reprendre ses études à l'École normale. Le drame qui l'avait frappée créait autour d'elle un cocon de douleur qui empêchait ses compagnes normaliennes de lui manifester la compassion qu'elles pouvaient ressentir. Mauricette se ferma secrètement au monde.

Pendant les années qui suivirent, elle s'appliqua aux études et obtint ses deux parties de baccalauréat. Plongée dans les livres, elle demeurait la plupart du temps volontairement cloîtrée à l'École normale, ne passant qu'un dimanche par mois chez ses grands-parents à Deûlémont.

Arthur Beaussart continua la contrebande, se fit prendre par les douaniers, fut condamné et passa trois semaines à la prison de Béthune. Il se mit à fréquenter les estaminets en compagnie de Jules Dubuisson. Buvant de plus en plus, il eut une altercation avec les gendarmes de Saint-Venant, ce qui lui valut un nouveau séjour à Béthune. Il continua à boire, dégringolant la pente, au grand désespoir de ses vieux parents et dans l'ignorance de sa fille Mauricette qui restait au loin.

À la rentrée d'octobre 1952, Mauricette Beaussart prit son premier poste d'institutrice à l'école des filles d'Houplines. Elle paraissait avoir retrouvé un certain équilibre. Elle souriait parfois à ses collègues ou aux parents, plus souvent à ses élèves, les petites du cours élémentaire dont elle avait la charge. Mais dans la solitude de son logement de fonction, allongée le soir dans son lit, après avoir rédigé sa préparation de classe, corrigé les cahiers et calligraphié les modèles d'écriture, elle demeurait longtemps les yeux ouverts dans l'obscurité. Elle voyait l'eau noire de la Lys, des taches jaunes à la surface et une écharpe rouge qui serpentait dans le courant. Elle voyait une petite bouche qui disait coucou coucou.

L'année suivante, à Saint-Venant, le 23 mars 1953, sept ans jour pour jour après la mort de sa femme, Arthur Beaussart se pendait avec sa ceinture dans l'étable à vaches.

Je n'ai pas d'endroit particulier où aller. C'est le chanteur qui dit ça. Je ne fais que répéter. Comme assise dans l'eau chaude, on bavarde avec les autres qui se soignent. On est dans le bain, tous ensemble. Dans l'ensemble j'aime mieux écouter avec la bouche fermée et les oreilles ouvertes. J'entends parler de massage avec l'huile d'essence et des objets en plastique avec des picots de bardane. Quand la conservation cesse, oui c'est cela la conversation c'est un lapsus de docteur oui elle cesse alors on sort du marigot. Mlle Cordonnier s'installe dans un fauteuil. Elle me mitraille avec sa serviette sur les genoux et le jet d'eau sur les mollets et les épaules et si je me retourne ça m'arrose le maillot de bain. On dirait une peau d'otarie. C'est chacun chacune son tour sa tournée. Grande serviette douce de la blanchisserie hospitalière pour frotter ma peau d'otarie.

Quand j'étais dans la pension l'eau n'était pas chaude. Je cassais la glace à la surface du bassin blanc émaillé avec mon gros cube de savon. C'était toujours l'hiver. L'hiver peut se continuer toute l'année ou presque. Pour les péniches aussi ça cassait avec un bateau tout en fer qui s'appelait le casse-glace. Tout était dérangé en blocs de glaçons derrière lui dans le canal. Je pense à tout ça dans l'été sur mon cahier jaune. Je ne choisis pas la couleur. Certaine couleur qui me fait mal aux yeux et au cœur. Dans la pension de Douai après je m'intéressais à tout apprendre tout retenir pour remplir ma tête pour prendre toute la place dans mon cerveau avec les mauvaises horreurs qui s'échappent par les oreilles ou les pores, poussées par les mathématiques théorèmes de l'histoire et des capitales de la production de coton avec les chiffres et l'augmentation de la population et des langues étrangères Ich weiß nicht was soll es bedeuten daß ich so traurig bin *et puis alors tous ces poèmes et les fables par cœur par cœur donc pour dire que le cœur le cœur de Mauricette Beaussart bat encore. Toc toc toc toc toc. Je vais me le battre. J'ai vécu avec des intermittences.*

Dans mon travail je ne pouvais être sévère. Elles étaient petites avec des tresses ou des chiennes. Quelquefois je n'arrivais plus à m'occuper d'elles. Le docteur faisait des papiers des certificats et Mme la directrice n'était pas satisfaite. J'avais assez vite des absences. Même si je remplissais ma tête bien occupée dans la journée je ne m'épuisais pas la nuit qui est longue dans l'hiver. La télévision n'existait pas ni les robinets. Il fallait tourner les pages bien mâcher et remâcher. Ici elle fait du continu et certains sont plus sourds que d'autres à pousser le volume. Je ne serai plus là cet hiver. Je vais me chauffer dans le soleil. Sentir les grains de sable entre mes vieux orteils.

Errante, j'ai voyagé pour vérifier les atlas de géographie. Toujours à remplir mes yeux. Je dis tout ça à Mme Delaleau. Elle entend bien. Elle me prend la charge. J'expie depuis longtemps avec tous les battements de mon cœur depuis soixante ans, soixante ans ! J'étais la jurée de mon tribunal. Si toute la charge est soulevée allégée je plane comme une mouette au-dessus de l'eau. C'est le début du monde. Sortir de la piscine de Jérôme Bosch pour nager dans l'océan. Je réfléchis à des idées assise dans le petit salon rouge. Le courant d'air vibre dans les lames du store. La joie ne doit pas faire de mal. Mais j'ai encore les fantômes dans mon sac à main. La boucle n'est pas bouclée.

Ici je vois des malades, une quinzaine, mais je sortirai dans le grand parc et là nous serons plus nombreux. On nous appelle les patients même si on est patiente et alors c'est normal. Il y a la question de la grammaire en plus de la question du vocabulaire. J'entends aussi soignant soigné. On les réunit. C'est un ensemble. Je demande de baisser le son de la télévision du football et des clips. Je n'ai pas grand-chose à dire. Je ne fais pas dans les sports, la marche c'est naturel. L'équitation c'est très compliqué. La piscine à Roubaix. Ce serait me faire du mal. Je n'imagine pas le grand bassin au milieu de l'eau transparente ainsi qu'aux plus beaux jours.

Je fais le compte : deux soignantes, Émilie Delaleau, Alfonsina VDB et deux soignants, docteur Demolins, Christophe Moreel. J'ai aussi toutes les blouses blanches et le docteur Dejackerre c'est pour ma somatique. Je vous enverrai des cartes postales. Après ma retraite de l'Éducation en quinze ans de services, c'est légal, j'étais obligée, j'avais signé l'engagement. J'étais démissionnaire en 1964 dans l'année des Parapluies de Cherbourg. *Ensuite ce fut l'aventure. Aujourd'hui je suis revenue entre RMI et SMIG mais j'ai tout mon temps, mon salut viendra. Le passé est tellement affreux. J'ai survécu. Je vais me retirer dans l'avenir gratuitement et pas de commission.*

14

Assis devant son ordinateur, Christophe Moreel pestait. Il venait de recevoir un nouvel email de Robert Lambin, un des responsables des Éditions Charles-Quint, qui le pressait depuis lundi d'envoyer la version finale de sa traduction de *The Bridesmaid and the Golden Boy*, un roman de Melissa Baxter. Il lui restait une quarantaine de pages à traduire. C'était un travail certes plus facile que la traduction d'un cut-up de William Burroughs, mais cela lui prendrait néanmoins un temps précieux qu'il avait pensé consacrer à son amie Mauricette…

Il l'avait accompagnée, et dans quel état, le lundi à la « Clinique », se promettant de retourner la voir le lendemain. Et voici qu'on était mercredi. Christophe avait appelé le bureau infirmier dans la matinée. Il n'avait pas pu parler à son amie, l'infirmier de garde l'ayant informé que d'après le planning des activités, Mme Beaussart était en ce moment à l'hydrothérapie au G21, à la clinique Jérôme Bosch. Il posa quelques questions et apprenant qu'elle était autorisée à passer et à recevoir des appels téléphoniques, il en déduisit que l'état de Mauricette s'était déjà bien amélioré. Il en fut heureusement surpris. Il avait pensé se rendre à Armentières en fin d'après-midi pour passer un moment avec elle. Mais cette fichue traduction n'avançait pas, et il avait besoin d'alimenter son compte bancaire. Sa liberté de traducteur free lance était limitée par les impératifs commerciaux.

Tant pis, il irait à Armentières demain. Il se replongea dans les aventures palpitantes de la demoiselle d'honneur au sein de la finance dorée... Trois heures plus tard, ayant bien avancé dans son pensum, alors qu'il venait de taper cette phrase : « Langoureusement allongée sur la méridienne de velours violet, Jennifer attendait avec impatience que Jonathan Morgan la rappelle pour confirmer leur rendez-vous au bar de l'hôtel Waldorf Astoria », le téléphone sonna. Une vraie sonnerie, qui le fit sursauter. Il souleva le combiné de sa base et se leva, voulant profiter de cette interruption pour se dégourdir les jambes.

« C'est moi, je téléphone de ma clinique dans le couloir.

— Toi, quelle surprise ! Quelle bonne surprise ! Tu vas mieux ?

— Je ne sais pas. C'est le point-phone. On dirait une petite chapelle. J'ai ton numéro dans le carnet dans mon sac.

— Oui, bien sûr. Je ne savais pas que tu avais une carte.

— C'est… une amie… une amitié. J'en avais une. J'ai fait beaucoup de choses. Dans l'eau, de la peinture et puis de l'écriture. J'avais peur de ne plus parler. C'est le plus important…

— Oui. Quoi ? Qu'est-ce qui est le plus important ?

— Parler parler parler parler parler… »

Elle murmurait. Christophe tout en écoutant Mauricette s'était dirigé vers le canapé. Très ému, il s'y laissa tomber pour continuer la conversation.

« Je comprends. Je vais venir te voir demain. Est-ce que tu peux sortir ? De la "Clinique" ?

— Je ne sais pas. Je ne sais pas encore tout. Mais tu peux venir. Moi je t'attends. Je t'attends en lisant, en écrivant dans mon cahier. Mais il faut que tu viennes. Je t'attends.

— Moi aussi, je vais me presser. Je viendrai. À quatre heures et demie je serai là. Peut-être qu'on pourra marcher dans le parc. Il va faire encore beau demain. Ce sera une belle journée. Oui. J'arrive. Je suis content. On parlera. L'un à côté de l'autre. Demain, c'est promis.

— Christophe, c'est ton tour. Tu viens demain. Je vais enlever la carte pour ne pas tout user la première fois. »

Christophe se rassit à sa table de travail, mais il resta absorbé dans ses pensées, les mains de chaque côté de l'ordinateur. Il avait toujours un sentiment de vide après une conversation téléphonique, comme si le silence revenu figurait l'absence de celle qui était au loin… Il se secoua. À sa gauche, le volume de Melissa Baxter était maintenu ouvert à plat grâce à une lourde règle métallique. Il restait à traduire le dernier chapitre, le *happy end*. Christophe remarqua les initiales : M.B. Il était sensible à ce genre de signe. Il sourit en pensant à une fin heureuse pour Mauricette. Du coup, il se mit au travail d'arrache-pied. Il sauvegarda sa traduction achevée alors que minuit tintait au beffroi de Comines. Dans la matinée, il imprimerait et relirait une dernière fois le texte avant d'envoyer le fichier à Robert Lambin.

Il était énervé et il décida de faire une courte promenade avant de se coucher. La nuit était douce, la lune était pleine. Il suivit son parcours habituel, direction le pont de Comines, puis le chemin de halage. Au milieu du sentier, l'herbe commençait à se couvrir de rosée. À travers les sandales, il en sentait la fraîcheur sur sa peau nue.

Depuis que Mauricette était entrée à la « Clinique », il se rendait compte de sa solitude ; il était bien obligé d'envisager qu'elle pourrait durer. Bien sûr, les livres étaient ses amis les plus fidèles, mais il avait aussi besoin, comme François Villon, de ses frères humains. En marchant, il recherchait dans sa mémoire les visages et les intonations de celles et ceux dont il s'était éloigné au fil des ans… Il entendait les pas, revoyait l'allure d'une femme rousse aux yeux verts, Sara, rencontrée au « Bateau-Livre », à Lille… Une odeur de chèvrefeuille compléta le tableau. Il se trouva bien sentimental. Son travail de traducteur de romans à l'eau de rose se mettrait-il à influencer son jugement ? Il leva les yeux. Il était arrivé derrière le grand cèdre vert, noir à cette heure de la nuit, qui avait donné son nom à l'établissement. Ses pensées revinrent à Mauricette. En même temps, son regard surprit un mouvement. Dans la lueur du lampadaire, il reconnut le vol silencieux d'une chouette effraie qui traversait la rivière pour remonter le chemin qu'il venait de suivre. Christophe revint à son appartement en suivant la rue de la République. Il s'endormit et rêva de la dame blanche.

Cette nuit-là, Mauricette aussi fit un rêve. Elle arpentait les salles du PMMK, le Musée d'Ostende, en compagnie d'Alfonsina et de Christophe. Arrêtés devant un tableau de Paul Delvaux, ils écoutaient le guide leur parler de gares et de femmes au torse nu. Mauricette le reconnut. C'était le docteur Demolins mais avec la voix d'Émilie Delaleau. Mauricette s'approcha de la toile. Elle sentait le chèvrefeuille. Elle voulut en faire la remarque au docteur-guide et, pour attirer son attention, elle le tira par la manche de sa veste. La manche était vide.

Mauricette se réveilla et ouvrit les yeux dans la clarté lunaire qui rayonnait à travers les lames des stores. Elle avait maintenant une chambre à l'aile 13, une chambre aussi spartiate que la précédente — la « Clinique » était un lieu de passage, un lieu de soins, pas un lieu de villégiature —, mais plus grande et possédant un cabinet de toilette individuel. Mauricette se leva, se posa sur le siège en céramique blanche, se souvint de la planche de bois trouée chez ses grands-parents, se recoucha et fut réveillée à l'aube par le chant d'une grive musicienne sous sa fenêtre.

Dans le courant de la journée, elle eut un nouvel entretien avec Émilie Delaleau à qui elle raconta son rêve. Elle appela ensuite Alfonsina pour la remercier d'avoir déposé la carte téléphonique à son intention. Elle participa à l'atelier vidéo, ce qui lui permit de voir un documentaire animalier sur les mœurs des chauves-souris. Elle écrivit une dizaine de pages dans son cahier, écouta avec émotion les confidences d'une jeune fille qui avait mangé en une seule fois un grand nombre de cachets, fit une sieste, prit une douche et se changea.

En attendant l'arrivée de Christophe, avec la permission de Roseline Duponchelle, l'infirmière de garde, elle s'installa dans le bureau infirmier et entreprit de refaire l'inventaire de ce qui se trouvait dans son cabas. Elle jeta la pile usagée et le tube de beurre de cacao dans la corbeille métallique. Elle examina longuement la mâchoire de lapin, en compta le nombre de dents. Une étrange sensation de déjà-vu s'installa en arrière-plan de ses pensées... La sonnette retentit à l'entrée de la « Clinique ». L'horloge indiquait 16 h 30. Le tableau journalier montrait que Mme Beaussart était autorisée à sortir accompagnée dans l'enceinte de l'établissement.

Quelques instants plus tard, bras dessus, bras dessous, Christophe et Mauricette descendaient les marches du perron. En face d'eux, la grille qui donnait dans l'avenue Gustave-Dron était grande ouverte. Mais ils tournèrent immédiatement à gauche, demeurant sur le domaine de l'EPSM. Une brise rafraîchissante soulevait les brins d'herbe secs, restes de tonte sur le macadam. Pour l'instant, aucun ne parlait.

Ils passèrent devant un banc posé sur la pelouse. Trois hommes — des patients ? des marginaux venus de la ville ? — bavardaient calmement, fumant et tétant leurs canettes de bière. Ils les saluèrent au passage. En approchant de l'accueil général, Mauricette montra des signes d'agitation. Elle lâcha le bras de Christophe et pointa les lampadaires, éteints à cette heure de la journée.

« Les phares ! Les phares ! Oui, je m'en souviens. Les petits phares.

— Très bien, tu vois, tu es sous le signe de la lumière. C'est un bon signe.

— Je suis venue ici. Je suis venue pour aller mieux. Un phare pour me guider, voilà ! »

Elle se retourna et sourit à Christophe. Ils s'écartèrent pour laisser passer une voiture. Il n'y avait pas de trottoir pour les piétons mais la vitesse des automobiles à l'intérieur du site était limitée à 30 km/h. Les deux amis marchaient maintenant dans l'avenue principale entre les rangées de tilleuls argentés presque centenaires. Un bourdonnement d'insectes les accompagnait. Ils passèrent devant l'administration, superbe bâtiment de briques rouges qui rappelait à Christophe des façades vues à Bruges ou à Gand.

Arrivés au rond-point central, ils s'assirent à l'ombre sur un banc de bois. Mauricette fixait avec une grande attention le massif de fleurs variées qui décorait la surface du rond-point. Dans sa tête, elle énumérait les noms des fleurs qu'elle reconnaissait, valérianes, lupins, œillets d'Inde, agératums, sauges, rudbeckias. Elle pensa à d'autres fleurs plus simples, pâquerettes, pissenlits, coucous. Des larmes remplirent ses yeux. Elle entendait « Pâtrette, pichenlit... ». Une ambulance passa dans une odeur de fuel brûlé, soulevant un peu de poussière dans le poumon d'Armentières.

Lorsqu'ils se voyaient à Comines ou à Deûlémont, Christophe et Mauricette laissaient parfois de longues plages de silence se former dans leurs conversations, chacun se retirant alors dans un univers personnel peuplé par les idées ou les visions nées des paroles échangées. Pourtant, à cet instant, presque machinalement, Christophe demanda à son amie à quoi elle pensait et, chose inattendue, Mauricette lui répondit immédiatement.

« C'est le jardin de Pépé Léon, ici c'est son jardin, il a travaillé longtemps et il me racontait. Il marchait dans les allées et je peux tourner aussi dans cette allée entre les rosiers là-bas. Il a attrapé des bonnes suées. Il le disait en rentrant. En vélo, il faisait la route le long de… Oui il avait chaud. Comme aujourd'hui. Il n'est plus là mais son travail est resté sur la terre. La forme de sa bêche ou bien sa faux. Avant c'était moins bruyant. Là c'est toujours on entend des moteurs. J'ai même vu des moteurs pour souffler sur les feuilles sèches. Mais ici dehors je suis mieux. C'est comme si je sentais et voyais ses bleus de travail de jardinier. Quand j'étais la petite avec des tresses. Des tresses ! Il reste dans le temps qui passe. Tu crois ça, Christophe ?

— Je n'y avais pas pensé, mais oui, je crois que tu as raison. Je ne me rappelais plus que ton grand-père avait travaillé ici, c'était avant la guerre ?

— Oh, il y a eu beaucoup de guerres. Il a aussi fait la guerre de 14. Ici tout était démoli. J'ai vu les cartes postales. Avant et après. Tous les morts… Beaucoup de morts. Aussi pendant la deuxième guerre. J'étais là. Les bombes des avions tombaient ici. C'est après qu'il est devenu jardinier. Tout a été réparé.

— On a du mal à imaginer les destructions en voyant un si bel endroit…

— C'est comme dans ma tête. Moi aussi j'ai été détruite...

— Mauricette, tu es là, tu me parles. Tu es vivante.

— Oui, Christophe, c'est comme ici, tu vois comme c'est beau, c'est calme, mais c'est une illusion. Regarde la cicatrice sur la branche. On dirait un moignon. Les arbres souffrent. La guerre des champignons cancérigènes. Regarde le bourrelet, c'est une cicatrice qui se referme. Quelquefois, la cicatrice ne se referme jamais. Ils attaquent aussi les tilleuls et les jardiniers ont des tronçonneuses pour couper les branches malades. Ce n'est pas un massacre, c'est pour les soigner... Et moi aussi, peut-être que je vais guérir dans le parc de mon grand-père de mon enfance pour la réparer... »

Dans le nouveau silence qui suivit, ils entendirent le tap tap d'un pic épeiche qui résonnait dans la touffeur de l'après-midi. Mauricette prit son cabas et se leva. Ils contournèrent le massif. Un panneau indiquait la direction « Centre social », un grand bâtiment blanc qu'on apercevait à l'extrémité de l'avenue.

C'est un grand parc presque béguinage avec des maisons posées dans le gazon entre les arbustes. Je marche Mauricette dans la prairie. Je passe ici et là, devant la maison des artistes et plus loin la maison des autistes. J'entends un gémissement dans le grillage. C'est triste. Je le vois c'est un jeune homme dans une chaise qui roule en métal et caoutchouc. Sur sa tête un casque de protection comme un footballeur américain qui galope dans le terrain mais lui il gémit. Je le regarde qui secoue le fauteuil sans avancer puis il dresse la tête pousse un long cri rauque qui résonne dans mon cerveau, ça me fait mal et frissonner.

J'ai pris la promenade en voiture avec le jardinier d'éducation. Il s'appelle Charles Duchêne. C'est un beau nom de jardinier. Lui conduit et je suis derrière avec la jeune fille des médicaments. La place du mort, un monsieur qui n'arrête pas de demander l'heure. C'est sa façon de passer le temps. On sort de l'hôpital avec des vrais ronds-points et avec des feux. Le jardin est après La Chapelle-d'Armentières. Je n'ai pas vu la maison du consul d'Angleterre Grande-Bretagne. Mais

Alfonsina m'a dit qu'il habitait là pour le souvenir des Tommies. Je n'ai pas travaillé beaucoup dans le jardin. J'ai marché et vu les oies les poules. J'ai cueilli des groseilles noires pour les manger au dessert. Je cueille sans me baisser. De temps en temps j'en apporte aux travailleurs qui sarclent les séneçons et les vancelles. Je ne suis pas une bonne jardinière comme Mémère Germaine et Pépé Léon. Les générations se suivent. Le monde change beaucoup. Le temps est magnifique. Nous sommes fatiguées des journées grises. Nous rentrâmes à la « Clinique » pour le goûter.

Ma nouvelle chambre est plus grande et je prends mon temps pour grimper l'escalier. Je ne sais pas depuis combien de jours je suis ici. J'ai des visites de Christophe et d'Alfonsina. Je crois aller mieux mais j'ai des rechutes de noirceur. J'arrive à parler de ça avec le docteur Demolins mais pas tout. Je connais mon noyau de souffrance. Je le suce et roule entre les gencives depuis des années. Quelquefois je le prends dans ma main et je la referme. Il est caché dans ma paume je regarde les taches de vieillesse sur le dos de ma main et je remets le noyau dans ma bouche. Je crois qu'il faudrait le cracher comme des pépins de pastèque. Flouff.

Quand je n'écris pas dans le cahier je marche dans les longs couloirs c'est un exercice bienfaisant pour éviter la constipation. Je sais que je ne suis pas seule dans le trou dans la dépression de je ne sais pas combien de millibars. Mais je ne suis pas alcoolique et je n'ai plus de drogues de jeunesse du shit et du tabac du speed et de l'acide. C'était l'errance mais si je pense à Deûlémont de mon enfance. C'était mon pays et j'ai migré. Je suis partie de mon enfance et j'ai gardé quelques souvenirs. C'est avec que j'arrive à me calmer. Et j'ai les livres. J'ai même eu des emprunts à la petite bibliothèque du Centre social, des ouvrages à la place des salons de coiffure. La dame qui s'en occupe Brigitte est là depuis longtemps. Elle a connu le temps où des milliers vivaient ici dans les pavillons de briques rouges. Tous les hommes qui faisaient la queue avec des gardiens et des infirmiers pour couper les cheveux. Un grand tas de poils de toutes les couleurs. À côté il y reste le salon de coiffure de Marie-France. C'est comme les Parapluies de Rochefort, les images du magazine que je feuilletais dans la salle d'attente des années cinquante soixante au début de mon travail à Houplines. Je vois des sièges en skaï bleu, des dessertes en formica ocre. Elle me fait le shampoing et la coloration. L'infirmière attend en lisant les magazines. Après c'est le brushing du vent chaud dans mon cou. Je regarde mon visage dans le miroir et j'arrive presque à me sourire. Elle me parle d'une voix douce. Le cliquetis des ciseaux. C'est mieux que de prendre des cachets. Ce n'est pas Maman que je vois dans la glace. Elle était trop jeune quand elle est morte. Si elle me voit du ciel elle peut penser qu'elle aurait une figure comme la mienne. Elle est toujours restée jeune et pâle. Elle se souvient de sa petite fille qui ramassait des pommes de terre avec elle.

Je ne suis pas enfermée. Je suis protégée. J'en ai besoin. Je reprends des forces. Je ne veux pas projeter de sang sur les murs de ma chambre. Je ne veux pas retourner mon lit. Je ne veux pas sauter par la fenêtre. Je ne veux pas rester ainsi avec les mains sur les yeux dans le noir de mes fautes, de toutes mes erreurs. Je veux exister en moi. Mais je m'affaiblis. J'ai peur de glisser encore. J'ai quelque chose à faire avant la fin. Pas seulement lire des livres. Peut-être voir un peu plus de la terre dans l'univers. Je vais sortir de la vallée de la Lys de l'ombre de la mort du psaume 23.

15

Dans le Centre social se trouvaient réunis des services communs à tous les secteurs, à tous les patients : régie, salon de coiffure, bibliothèque, salle de spectacle, cafétéria ; ce dernier terme était souvent utilisé pour désigner l'ensemble du bâtiment qui comprenait aussi, au sous-sol, un lieu de culte dédié à saint Jean, évangéliste du Verbe et prophète de l'*Apocalypse*.

Mauricette et Christophe traversèrent la cafétéria en longeant le rayon de sucreries puis le bar. À gauche, dans la grande salle déserte, les portes-fenêtres donnant sur la terrasse étaient ouvertes. Ils avancèrent sur la dalle de béton et s'installèrent sous un parasol orange à une table en plastique blanc. En contrebas, le parterre buissonnait de splendides rosiers aux lourdes fleurs rouges et jaunes. Plus loin, l'œil parcourait la plaine plantée d'arbres et de l'autre côté d'un rideau de saules pleureurs, la ligne de chemin de fer et au-delà, la centrale électrique et le camp des Gitans qui occupait quelques hectares des champs autrefois cultivés pour l'alimentation des patients, à l'époque de Léon Duval.

Le serveur de la cafétéria, longue chevelure, jeans et t-shirt Motörhead, s'approcha pour prendre la commande. Christophe demanda un café et Mauricette, une glace à deux boules, vanille fraise. À quelques mètres, attablés devant des sodas, trois hommes d'origine maghrébine parlaient avec animation dans leur langue. Mauricette et Christophe étaient de nouveau silencieux, voyageurs immobiles perdus dans leurs pensées. Motörhead apporta glace et café. Christophe paya. Les prix pratiqués étaient bas. La cafétéria n'était pas censée faire des bénéfices avec les patients. De toute façon, ce n'était pas ici un vrai bar. Aucune chance de se faire servir une bière ou du vin. On était dans l'enceinte d'un établissement de santé et l'alcool y était prohibé.

Mauricette avait un sourire extatique en léchant alternativement la boule jaune et la boule rose. Christophe sirotait son espresso. Il posa la tasse, contempla de nouveau la plaine. Il reconnut des érables, des châtaigniers, des tilleuls, des peupliers italiens en fuseaux et des hêtres à peau d'éléphant. Là s'arrêtait sa connaissance des arbres.

« Étant jardinier, ton grand-père a dû t'apprendre beaucoup de noms d'arbres… »

Mauricette cessa de sucer sa glace.

« Il savait tout ça. Il me les montrait. Moi je demandais pourquoi les feuilles tombent. Il y en avait un qui s'appelait le désespoir du singe. Un drôle de nom pour un arbre. Pourquoi pas le désespoir de Mauricette ?

— C'est peut-être un arbre qui a des épines, comme ces rosiers-là, mais plus grand.

— Des épines, beaucoup d'épines. Qui me font saigner, mais pas rose comme ma glace. C'est bon. Il y avait longtemps que je n'en avais pas goûté. C'est bon dans la chaleur. Il faut du frais dans mon intérieur. Il m'avait expliqué aussi la cueillette des fleurs de tilleuls avec les malades qui aidaient. C'était pour la pharmacie centrale.

— Oui, j'en ai entendu parler, mais c'est fini maintenant. On ne ramasse plus les fleurs de tilleul. On les balaie. On les jette. Et puis les patients ne viennent pas ici pour travailler.

— Moi je travaille toujours. Ma tête travaille toujours. Je lis dans ma tête. Je ne sais pas l'arrêter. Quelquefois je voudrais que ça s'arrête, que ça se taise, ne plus entendre les voix. Ou alors seulement le bruit de la mer comme quand je transforme ma main en coquille autour de mon oreille. »

Joignant le geste à la parole, Mauricette leva le bras et catastrophe, renversa ce qui restait de glace sur le ciment de la terrasse. Elle resta paralysée, la main en conque autour de l'oreille, les yeux fixés sur les deux taches rose et jaune dans la poussière. Puis elle se mit à gémir. La conversation cessa à l'autre table. Christophe se leva, se pencha vers Mauricette, lui passa un bras autour du cou, essayant de la calmer en lui murmurant à l'oreille.

« Ne pleure pas, ce n'est pas grave, ce n'est pas grave Je vais t'en commander une autre. »

Mauricette cessa de gémir.

« Non, je ne veux pas, pas recommencer. C'était celle-là, cette première glace, une glace pour deux. Je n'en veux plus. C'est tombé. Je vais croquer le reste, croquer le biscuit, manger le cornet. La glace doit fondre. Je vais partir. Je vais m'éloigner. »

Elle se leva à son tour et Christophe s'écarta. Mauricette engloutit le reste du cornet. Déjà des mouches tournaient autour d'eux, à la curée entre leurs jambes. Motörhead venu aux nouvelles déclara : « Ne vous tracassez pas, je vais balancer un seau d'eau pour nettoyer ! » Mauricette ramassa vivement son cabas comme pour le protéger de l'averse à venir. Elle entraîna Christophe.

Après avoir longé les terrains de football, ils arrivèrent derrière la clinique Jérôme Bosch, autrefois le pavillon de force. Mauricette reconnut l'endroit où elle avait eu sa séance d'hydrothérapie, mais n'en dit rien à Christophe. Elle attira son attention vers un petit tas d'échardes visible au pied d'un peuplier robuste. « Un pic épeiche a travaillé ici. Tap ! Tap, tap ! » Et elle fit semblant de se frapper la tête sur le tronc. Christophe ne disait plus rien. Il sentait bien que Mauricette n'était nullement guérie, même si elle avait heureusement retrouvé l'usage de la parole. Cela ouvrait une porte pour communiquer, entrer dans sa souffrance, la connaître et la partager, procurer un soulagement.

Ils arrivèrent devant le magasin général, un ensemble qui comprenait aussi la blanchisserie et la lingerie. Mauricette pensa aux douces bouclettes blanches des serviettes de toilette. Elle se souvint qu'il y avait là autrefois d'autres corps de métier, un matelassier, une couturière, un cordonnier.

« Du temps de mon grand-père, ils étaient en uniforme, les malades, avec un costume en velours et des brodequins et le béret sur la tête, tous pareils ! Mais pas dans leur tête en dessous du béret.

— Ton grand-père t'emmenait ici ?

— Non, non, il nous racontait et il y avait une photo. Il était avec eux. C'était des aides pour transporter les légumes dans les chariots avec les chevaux.

— Tu as encore ces photos ?

— Non, non pas de photos. Si je les regarde, je recule et je tombe. »

Et disant cela, elle se laissa aller contre le tronc d'un gingko biloba.

« Tu vas bien, Mauricette ? Tu n'es pas trop fatiguée ? Si tu veux, on peut s'asseoir sur un banc, puis retourner tout doucement.

— Non, je vais marcher. Donne ton bras. C'est pareil que des fils électriques qui se touchent. Avec le contact, je peux parler. Il faut parler.

C'est notre attachement. Et toi Christophe, tu écoutes. Comme Mme Delaleau qui m'écoute avec ses grands yeux bleus. Si je parle, je vois les mots entrer dans ses yeux. On dirait des cailloux qui descendent dans un étang, dans l'eau... Mais pour toi, c'est mieux si les mots passent dans l'électricité de la peau. »

Bras dessus, bras dessous, ils avançaient, marchant sous les hêtres et les érables, vers le bâtiment de la cuisine centrale. Ils prirent à droite au coin de la Maison des artistes et eurent en perspective l'arrière de la « Clinique », les deux ailes de briques jaunes et, se détachant sur le ciel sans nuages, le grand cèdre bleu que Mauricette aimait. Tandis qu'ils marchaient côte à côte à petits pas, elle se mit à parler. Les mots se précipitaient dans sa bouche mais à certains moments, le flux diminuait, ralentissait, hésitait, puis reprenait...

« Ici j'ai toute ma vie derrière moi mais j'aurais bien voulu qu'elle ne soit pas grave, aussi difficile, avec des souvenirs difficiles. Oui, je me répète et c'est le drame. Toujours à répéter à voir pareil. C'est toi qui m'écoutes mais il faut que je te le dise. J'ai eu aussi des bons moments quand j'étais en Angleterre et en Belgique. On travaillait. Mais le soir venu, je buvais de la bière dans les maisons publiques. Public House. Il en fallait peu pour m'égayer. C'est ici aussi, on est passé près de la brasserie mais on ne peut pas rentrer. Toi Christophe tu connais ta maman.

Tu ne me l'as pas dit mais ce n'est pas loin. La mienne s'appelait Thérèse et la maison à Deûlémont était sa maison. Peut-être que je devrais partir, ne plus sentir tous les atomes encore coincés dans les murs, qui parlent de tout ça, du bonheur, des enfants. J'en ai d'autres, des petites à l'école, par là, à Houplines. Je reconnais, c'est de l'autre côté du mur. Toi non plus tu n'as pas d'enfant. Je me suis occupée d'un enfant. Pas très bien. Le plus difficile c'est mon propre tribunal qui me condamne. Je juge et je frappe mon marteau sur la table à perpétuité. Il faut que j'essaie de regarder les pâquerettes sans pleurer. Il y a trois sortes de saules, les têtards, les pleureurs et les tortueux. J'ai bien appris. Naturellement. De toute façon, voilà, tout le monde est mort. J'ai tous les morts dans mon corps, comme si j'avais mangé un sac de pommes de terre crues. Pourtant tu vois je ne suis pas grosse. Pas trop. Heureusement. Alors voilà. Je te le dis. C'est la liste nécrologique. C'est comme ça qu'on dit. La né-cro-lo-gie. Maman la première pendant l'accouchement. J'étais toute petite fille. Je ne comprenais pas, tout le sang et Papa dans l'affolement. Je suis revenue ici, partie de Saint-Venant. Après j'y suis retournée mais à l'asile. Les gens disaient ça. Tu vas chez les sots. Mais je n'étais pas sotte. Loin d'être sotte. Il fallait me soigner comme maintenant. Il y en a d'autres encore qui m'ont donné du mal. Ce n'est pas possible. Je tiens ton bras. Tu sens mes ongles. Je vais devoir m'arrêter. Je revis la mort. Il faut que ça cesse. Je l'ai dit à Alfonsina. »

Christophe sursauta. Jusqu'à présent, il avait écouté en silence, rempli de compassion.

« Alfonsina ! Tu l'as vue ? Tu l'as revue ?

— Oui, je lui ai dit à elle. Elle aussi, son enfant est mort. Moi ce n'était pas mon enfant. Elle a perdu les eaux et il était mort. Tout juste formé. Lui il est perdu dans l'eau. Dans les fleurs, le jaune. L'onde n'est pas toujours transparente. Comme dit La Fontaine. Tu as appris cette fable. Héron, héron, petit patapon ! »

Mauricette éclata de rire et fit tourbillonner son cabas au bout de son bras. Christophe était un peu déconcerté. Il n'insista pas, se dit qu'il aurait l'occasion de renouer cette conversation, de revenir à ces amorces de confidences…

Il faisait encore chaud mais le soleil avait baissé sur l'horizon. Ses rayons frappaient presque à l'horizontale les briques rouges roses des réservoirs des deux châteaux d'eau et celles de la haute cheminée de la chaufferie. Eau et feu. Christophe voyait encore des signes. Lui aussi avait besoin de repos. Il raccompagna Mauricette. Le repas du soir serait bientôt servi aux patients. Il quitta son amie dans le hall d'entrée. Le visage ridé de Mauricette se parait d'un sourire indéfinissable. Le cœur serré, Christophe descendit les marches du perron et se dirigea vers l'arrêt du 82, place Chanzy.

L'aile 13 c'est mon dortoir de chambres. Je ne connais pas bien mes voisins et aussi des voisines. Des nouveaux et des nouvelles qui apparaissent et disparaissent. Les malades font aussi des équipes de nuit et des équipes de jour. Pendant mes années à Douai j'avais un box dans le dortoir. C'était une place pour me morfondre. À serrer les cuisses. Toutes les filles. Avec des ronflements et des blouses bleues. Je n'ose pas me lever la nuit. Je pourrais faire comme celui-là-bas dans la première aile 7 à aller chuchoter à l'oreille des ensommeillées, à l'oreille des belles endormies. Hi hi ! Le docteur Demolins pourrait me dire que je gère. Oui c'est ça, je gère, c'est le timing et aussi je digère. Une longue digestation. Voilà encore un nouveau mot : le thymorégulateur. On en invente. C'est toujours mieux de Pouvoir dire le nom. Je le prouve et j'écris le poème des arores du parc avec mes souvenirs et le livre « Quel est cet arbre ? ». Grâce à la dame de la bibliothèque.

Généalogie des arbres et des arbustes — le cèdre bleu généra le palmier phénix — le palmier phénix généra le catalpas des haricots verts — le catalpas généra le cerisier automnalis qui fleurit dans l'hiver boréal — le cerisier généra le fusain — le fusain généra l'if taxol qui soigne le cancer — l'if taxol généra le liquidambar — le liquidambar généra le viburnum thymus qui sent bon — le viburnum généra la symphorine — la symphorine généra le cornouiller — le cornouiller généra le métaséquoia pour les mâts de bateau — le métaséquoia généra le tulipier d'Amérique — le tulipier généra le noisetier d'Abyssinie — le noisetier généra le mûrier du ver à soie — le mûrier généra le cognassier — le cognassier généra l'arbre aux mouchoirs — l'arbre aux mouchoirs généra le paulownia à fleurs bleues — le paulownia généra le cèdre bleu — Fin et commencement de la généalogie des arbres et des arbustes par Mauricette Beaussart, Retraitée de la Végétation Nationale.

Je suis déjà un peu vieille mais je ne veux pas vieillir comme dans ma jeunesse. Je peux vivre à l'envers. J'invente le médicament. Pas un élixir mais une volonté. Je dirai ça à Christophe une autre fois je ne sais pas quand. J'ai perdu des vraies personnes. Je les perds aussi symboliquement. Par exemple, comme un savon oublié dans l'eau, qui ramollit visqueusement, et disparaît. Enfin. Est-ce que j'ai du plaisir ? Dansons la carmagnole et j'entends la roue du Karma tournant dans les grincements. La neurologie étincelle une dernière fois. Mauvaise digestion. Mon cœur qui fait toc tac au lieu de faire toc toc. Et parfois des jours et des jours de fatigue. Je ne suis pas damnée. Je vérifie toujours que je n'ai pas boutonné lundi avec mardi. Je vérifie aussi que le gaz est éteint. Je ne sais pas si la lumière du frigo est pareille. On pourrait devenir une nova. Je le demanderai à Alfonsina. Ici il n'y a pas de cosmologie. Avez-vous l'impression que votre situation est désespérée ? Répondez par oui ou par non. C'est le journal de ma santé mentale (sané menale).

Je parle à Papa. Petit Papa, c'est aujourd'hui ta fête, Maman ne m'a pas dit que tu n'étais pas là. Elle n'est pas là, plus là. Et toi non plus mais je te parle ici dans le cahier jaune et bleu. Tu ne m'abandonnas pas Papa. Parfois me frappas, Papa, mais Papa je ne t'en veux pas Papa. Je suis devenue plus vieille que toi. Je peux te parler si je veux Papa. Les mots que je n'ai pas dits. Mais je ne peux pas tout prendre avec moi. Toi Papa, tu as tout perdu mais moi j'ai encore ma vie. Je veux te dire un mot gentil dans le temps passé. Tu ne lis pas, juste le journal, la revue des ACPG, L'Écho de la Lys, *le prix des cochons et des lapins, les mercuriales. Tu cries fort et les vitres tremblent comme dans le passage des camions et des autobus. Je ne sais pas qui a desserré ta ceinture.*

Si je me regarde dans la glace comme chez la coiffeuse, je souris comme l'arc-en-ciel qui passe à travers l'eau de lumière et les couleurs apparaissent. Je vais émigrer du passé. Résister. Ici, on me soutient. Les entretiens ça m'entretient. Je parle aussi avec un homme qui est dans le sevrage. Il faut mastiquer les aliments. É. D. m'a dit pour l'imagination un petit homme en bleu de travail qui se promène dans mon intérieur pour les réparations. Je le vois monter et descendre, un petit tour de clé à molettes ici, resserrer les vis et les boulons. Une soudure à gauche, du chatterton à droite. Une goutte de dégrippant. Je me recons-

titue dans la « Clinique ». Je n'ai pas fini. Il me faut des eaux grasses pour nourrir mes cent cinquante cochons. Il me faut trois mille fleurs pour décorer mon chariot de Reine des Nieulles et des Poètes Ordinaires. Je vole au-dessus du champ de bataille. Je vais peut-être m'écraser. Non, je dois me reconcentrer, pas seulement tracer avec ma fourchette des rigoles de mots dans la purée. Je vais faire le tri sélectif. Vider mon cabas. Mon cœur mis à nu.

16

Pendant les semaines suivantes, l'état de Mauricette s'améliora sensiblement. Elle prenait scrupuleusement son traitement, voyait régulièrement le docteur et la psychologue. Elle participa aux ateliers d'arts plastiques, réalisa une série de linogravures représentant divers arbres stylisés sur les branches desquels étaient posés toutes sortes d'oiseaux. Elle pratiqua assidûment hydrothérapie et relaxation avec Mlle Cordonnier.

À plusieurs reprises, elle retourna au jardin en compagnie de Charles Duchêne. Elle n'y travaillait pas beaucoup, grignotant des framboises tardives, s'approchant du grillage pour cacarder avec les oies qui semblaient la reconnaître. Elle participa aussi avec d'autres patients à une longue marche dans la campagne entre Wez-Macquart et Ennetières-en-Weppes. Tout en marchant, elle déroulait ses pensées entre le macadam et le ciel. Elle s'affermissait dans ses résolutions.

Christophe reçut des Éditions Charles-Quint

trois nouveaux ouvrages pour traduction à grande vitesse. Il passait aussi de plus en plus de temps à Lille avec Sara qui n'aimait pas que les livres... Il réussissait pourtant à venir voir Mauricette deux fois par semaine, le mardi et le jeudi. Le temps se maintenait au beau. Les deux amis purent faire de longues promenades dans le parc de l'EPSM. Ils visitèrent même les serres, y découvrant toutes sortes de plantations, majoritairement des fleurs, de longues lignes parallèles de centaines de glaïeuls, de dahlias, des fleurs à couper pour la décoration des salles et des services, et aussi des plantes à repiquer, giroflées et pensées pour les massifs, des plantes en pots, plusieurs espèces de ficus, des palmiers pour les bureaux. Ils bavardèrent avec le jardinier venu arroser pour rafraîchir l'intérieur des serres. Ils reniflèrent les feuilles des cinéraires au parfum d'encens.

Malgré son intention, Mauricette ne parvint pas à parler à Christophe des grands malheurs qui l'avaient frappée. Leur conversation portait sur les détails de la vie quotidienne dans l'établissement, avec cependant des échappées vers la littérature. Ils évoquèrent Germain Nouveau et Antonin Artaud. Une autre fois, Mauricette cita le nom de Paul Gadenne, un auteur né à Armentières. Ayant lu de lui *La Plage de Scheveningen*, elle parla confusément de solitude, mort et culpabilité, sans toutefois mentionner le nom de celle qui lui avait prêté l'ouvrage.

Mauricette ne réussit jamais à dire clairement

à Christophe que son amie Alfonsina venait la voir. De fait, les deux femmes se retrouvaient tous les jours en fin d'après-midi sauf justement, le mardi et le jeudi. Un lien puissant les unissait car elles avaient en commun l'expérience de la douleur mentale et de l'hospitalisation en psychiatrie en un temps où celle-ci était fortement stigmatisante.

*

Quand Christophe Moreel arriva à la « Clinique », le lendemain de la disparition de Mauricette, il s'adressa à l'infirmière Roseline Duponchelle qui tenait la permanence.

« Non, malheureusement, nous n'avons toujours pas de nouvelles. Nous avons fait un signalement à la gendarmerie.

— À la gendarmerie ! Oui bien sûr ! C'est normal. J'aimerais bien avoir quelques renseignements. Par exemple, savoir si elle a emmené sa valise, ses affaires ?

— Écoutez, il me semble qu'elle a tout laissé dans sa chambre. D'après ma collègue, elle est sortie comme d'habitude avec son cabas, elle est partie en promenade dans le parc, sans doute à la cafétéria avec son amie, celle qui venait souvent la voir, Mme Vandenbeulque. »

Christophe, stupéfait, ouvrit de grands yeux.

« Alfonsina ! Elle venait voir Mauricette ! Ça alors ! Je n'étais pas au courant… »

Debout à la porte du bureau, il resta songeur

un moment. Il entendit un bruit de hauts talons venant du couloir et reconnut Émilie Delaleau qui, un dossier à la main, se préparait à quitter la « Clinique » pour se rendre à sa consultation au Cèdre Vert. Elle se souvenait de lui, d'autant qu'au cours du dernier entretien, Mauricette avait chaleureusement évoqué son amitié pour Christophe. Ils échangèrent quelques mots, mais Mme Delaleau était pressée.

« Écoutez, je suis attendue à Comines. Je dois y aller. Mais j'y pense, c'est là que vous habitez, non ? Et vous êtes venu par le bus ?

— Oui.

— Alors le plus simple, c'est que je vous emmène, on parlera de Mme Beaussart en chemin. »

Christophe s'installa dans la voiture et attacha la ceinture de sécurité. Émilie Delaleau démarra, fit une marche arrière rapide, puis passa lentement sur le ralentisseur au niveau de la grille d'entrée. Au bout de la rue Dron, elle prit à droite vers Houplines. Elle faisait ce chemin deux fois par semaine.

« Ce doit être fatigant, ces déplacements ?

— Oh, vous savez, j'ai l'habitude. Aujourd'hui, la psychiatrie s'est rapprochée des gens. Ce sont les soignants qui se déplacent beaucoup. Au G18, les assistantes sociales, les infirmiers et les éducateurs bougent encore davantage que moi, qui n'ai que cette consultation au Cèdre Vert.

— C'est là que je vous ai rencontrée la première fois.

— Oui, je me souviens. Je suppose que vous vous inquiétez pour Mme Beaussart. »

Ils sortirent d'Houplines, direction Frelinghien. La voiture suivait un tracteur et sa remorque pleine de fumier. Émilie Delaleau remonta les vitres.

« Je ne sais pas si je suis vraiment inquiet, plutôt intrigué. Je sens comme un mystère. Voyez-vous, ce matin, je suis passé chez elle. J'ai un jeu de clés. Et c'était plutôt horrible ! »

Elle se tourna vivement vers Christophe, lui jetant un coup d'œil interrogateur.

« Elle avait laissé de la viande sur la table de la cuisine. Après ces trois semaines de chaleur, vous imaginez l'infection !

— Ce devait être encore pire que cette chose là-devant ! »

Une trouée dans la circulation qui venait d'en face leur permit de doubler la remorque puante.

« Oh oui, bien pire ! Et surtout pendant un instant, cette odeur en entrant dans la maison, j'ai vraiment cru... que Mauricette était rentrée et qu'elle...

— Écoutez, monsieur Moreel. Je suis tenue à la plus grande discrétion vis-à-vis de mes patients, mais je pense pouvoir vous rassurer. Votre amie ne m'a jamais semblé avoir de tendances suicidaires. Et pendant son séjour, à ma demande, elle a tenu une sorte de journal, un cahier dans lequel elle pouvait monologuer à son aise. Elle est partie dimanche en laissant ce cahier dans sa chambre sur le lit, vraisemblablement à mon intention. Très franchement, ce que j'y ai lu me semble plutôt rassurant.

— Ah merci, je me sens soulagé. Mais donne-t-elle une indication ? Où a-t-elle pu aller ? »

En voyant le panneau Deûlémont, ils eurent sans doute une même pensée pour celle qui habitait, avait habité, là. Ils continuèrent sur la voie rapide qui évitait le village, franchirent la Deûle et filèrent vers Comines.

« Je ne sais pas. Elle fait des allusions à la mer, mais rien de vraiment précis. Si vous voulez mon avis, je pense que Mme Vandenbeulque doit en savoir davantage. Elles se voyaient souvent.

— Oui, c'est une totale surprise pour moi. Je connais Alfonsina. C'est une personne de mon âge. Je l'ai rencontrée à Isbergues dans le Pas-de-Calais en 1996. C'est d'ailleurs elle qui m'a permis de retrouver Mauricette. Une longue histoire. Mais j'ignorais qu'elles se voyaient encore. Mauricette ne m'en a jamais parlé.

— Mme Beaussart avait son jardin secret !

— Certainement, certainement et je l'admets volontiers. Moi-même, je ne lui ai jamais tout confié de ce qui me concerne… Il est vrai qu'elle avait fait allusion à elle récemment, mais c'était si confus que je n'y ai pas attaché d'importance.

— Et il me semble bien que son amie habite Armentières. Sur la place, l'ancienne quincaillerie. »

Émilie Delaleau se concentrait sur la conduite en entrant dans Comines. Christophe réfléchissait. Elle trouva une place à proximité du Cèdre

Vert, dans une rue perpendiculaire à la Lys. Ils se promirent l'un à l'autre de se tenir au courant au cas où Mauricette donnerait de ses nouvelles. La psychologue se hâta vers l'hôpital de jour où on l'attendait. Christophe rejoignit son appartement. Le voyant du téléphone ne signalait aucun message. Il se dirigea vers son ordinateur.

Au même moment, à une centaine de kilomètres de là, à l'ouest, Mauricette Beaussart et Alfonsina Vandenbeulque sortaient de la « L@verie — Point Internet » sur l'avenue de la Plage à Merlimont. Mauricette venait d'envoyer un bref message à l'adresse christophe.moreel@orange.fr : « Cher Christophe, je vais bien. Je t'écrirai sur du papier plus tard plus longuement. Je suis désolée pour le lapin. Mauricette. »

*

La veille, à 14 heures précises, Alfonsina s'était présentée à l'entrée de la « Clinique » pour sa promenade habituelle avec la patiente Mauricette Beaussart qui pouvait sortir accompagnée, dans le parc jusqu'à 19 heures. Les deux amies avaient pris la direction du Centre social, mais au carrefour sur la voie principale dans l'allée de tilleuls, elles ne suivirent pas leur chemin familier. Virant à droite, elles longèrent le pôle hébergement destiné aux hôtes de passage, puis la maison de maître occupée par le directeur de l'établissement et sa famille et elles franchirent le portail largement ouvert devant le bureau d'information et d'orientation. Arrivées dans la rue Leclerc, elles prirent à gauche vers la place Jules-Guesde.

Les deux femmes étaient en robe d'été, bleue pour Mauricette, jaune pour Alfonsina. Elles portaient des espadrilles assorties. Mauricette avait son cabas vert et Alfonsina tirait un mini-trolley à roulettes qu'elle utilisait pour les courses. Elles s'arrêtèrent un instant près de l'abribus sur la place. Alfonsina sortit de son trolley en toile deux paires de lunettes de soleil style œil de mouche qu'elles chaussèrent avec un éclat de rire en se découvrant l'une l'autre, stars en vacances ! Après quoi, elles se remirent en marche, prirent à gauche la rue des Nieulles et débouchèrent face au parking de la gare. Il était 14 h 30. Voie 1, le train TER en provenance de Lille et à destination de Boulogne entrerait en gare neuf minutes plus tard.

Je regarde les catalogues de grainetiers, photos de giroflées. Et cœurs de Marie, et des ancolies. Ancolie, mélancolie. Je voudrais un peu d'estime personnelle. Que j'ai perdue. Tout ce que j'ai perdu encore là. Si c'est perdu, je ne comprends pas pourquoi c'est lourd. Pourtant ce n'est pas grand-chose ce que j'ai dans mon sac. Tout a recommencé à cause des archives. Les photos du grenier. Papa et Maman. Il porte une petite fille à bouclettes sur son bras. 1935, photo devant le cimetière à Haverskerque. Ils sont sortis de la photo. De l'autre côté. Et d'autres. Je n'ai pas osé. De suite, mes yeux ont coulé. Je ne voyais plus rien j'ai descendu mon escalier. Comme si ma tête allait éclater. Christophe m'a trouvée. Collée dans le fauteuil. C'est un refuge. Je me réfugie. J'ai encore entendu la chèvre. L'émissaire de la féminité. Ma santé est mentale et ma folie est humaine. Je m'obstine. C'est comme vider les poulets, dépiauter les lapins. Éplucher les pommes de terre.

L'équipe de nuit veille sur moi. Je ne crie plus dans mes draps. Je les pousse dans mon poing sur ma bou-

che avec de la salive sur l'oreiller. Si je peux sentir venir la crispation. J'arrive à tourner la tête avec un petit grincement. Il y a des choses à réparer. Des fibres et des contacts. Je laisse passer les images automatiques. Mais je crois à ma transformation. Je suis sur mon vélo entre Haverskerque et Saint-Venant. Je fais tourner la dynamo. J'entends le bruit sur le caoutchouc du pneu. C'est mon énergie humaine. La lumière devant est jaune. Derrière c'est un petit point rouge qui tremble. Tout le mouvement de mes jambes de petite fille qui appuie sur les pédales et mes forces des faibles muscles se transforment en lumière qui bouge danse sur le bord du fossé de chaque côté de la route. Je pédale pour attraper la lumière. La lune pousse mon ombre devant le vélo. J'arrive sur le pont en bois. J'ai grandi puis j'ai diminué. J'ai rétréci mais l'esprit dans ma tête et le cœur peuvent grossir en molécules.

J'ai lâché le guidon et le manche de la casserole a tourné. Les mains sur les genoux. Je touche mes os. Je vais tout enterrer. Je suis morte plusieurs fois mais pas définitivement. « Et non erit finis. » Maladie, tu ne me diminueras plus mais je suis encore en déséquilibre. Je suis de trop. Pas de chaise pour moi. Pourtant je n'ai pas résisté. Je réponds aux questions. Oui j'ai bon appétit. Non je n'ai pas d'appétit. Non je ne suis pas fatiguée. Oui je suis fatiguée. Sereinement triste. Je suis passée du côté ouvert. Je n'ai pas à gérer mes cigarettes, juste mes glandes. Et je ne suis pas du genre à faire de la pantalonnade à jeter par terre tout ce qui est sur la table.

Ici je ne vois pas le facteur. Est-ce qu'on l'appelle vaguemestre ? Roger de ma jeunesse je n'ai pas reçu ta lettre de Colomb-Béchar. Maman au loin, tu ne m'as jamais envoyé de lettre. Même pas dans une bouteille. Je regarde deux pies sur les branches du magnolia. Chemisier blanc, veste noire. Elles attendent que le ver se tortille sortant un nez pointu d'un trou dans la terre. Question de patience. Je connais. Je suis patiente. Quelquefois je leur réponds en play-back. Je suis devenue une vieille femme calme. Je regarde les cartes de mon jeu. Reine de pique, roi de trèfle, valet de cœur, as de carreau. Lasse de l'angoisse. Je me souviens avoir trié les lettres des vermicelles dans mon assiette. Je lis dans la soupe de mots, même des mots qui ne veulent rien dire. Gadji beri bimba.

J'entends ceux assis dans la grande salle de mes jours. La vie est un combat. Ah ! la, la ! Pourquoi on souffre ? C'est pas juste. Ce n'est plus l'ancien temps. Tous les jours les Bons Fils se levaient à quatre heures pour l'office de la Vierge. Les obus tombaient sur l'asile. La chambre était capitonnée. Les malades pouvaient être rangés dans une cage en bois avec du grillage à lapins. Aujourd'hui, je garde les pieds dans la terre à cause des souffrances. C'est la vérité. Certaines sont permanentes. De temps en temps, je lévite avec Foudre Bénie et saint Joseph de Cupertino.

Je monologue maniaque dans le cahier jaune à lignes bleues. Jaune des coucous et bleu du Paradis. J'ose écrire pour voir sans trembler. Je ne veux pas délayer l'encre dans des larmes. Je me boucle. Mon enfance fut coupée. Je ne sais pas si dans ma vieillesse je reviendrai. J'ai voyagé en vérité dans ma tête et dans la géographie. À Ostende et à Londres. The White Cliffs of Dover. Au loin, mais ici aussi, je suis loin.

On a marché dans tout le parc, visité le Cap-Horn, le Cap-Nord et le Cap-Vert et le Cap-Corail. Comme une École de Plongée Sous-Marine. EPSM. Pour aller dans le passé au fond des mers et des rivières. Je suis sur la frontière. Je passe de l'autre côté. Sur un fil de fer. Je penche. Je vacille. Je ne suis pas naturelle. Je ne sais pas vraiment ce qui est bon même pour moi.

17

Les voyageuses arrivèrent à Boulogne-sur-Mer à 16 h 26 et prirent la correspondance pour Étaples-Le Touquet. À 17 h 10, elles montèrent dans un taxi en gare d'Étaples.

Alfonsina avait pris la direction des opérations. Elle avait acheté les billets de train, les avait compostés. Elle connaissait les horaires, avait guidé Mauricette lors des changements de quai. Elle demanda au chauffeur de les conduire à Merlimont-Plage. Le trajet dura une vingtaine de minutes. Le taxi s'arrêta dans l'avenue de la Plage devant la villa Opaline, une copropriété divisée en quatre. Alfonsina était depuis une dizaine d'années la propriétaire d'un appartement de trois pièces au rez-de-chaussée de l'immeuble. Elle s'y rendait plusieurs fois dans l'année, principalement en demi-saison. Elle avait aménagé l'appartement à son goût avec des meubles et des bibelots principalement trouvés « Au Coup de Cœur », un brocanteur-bouquiniste du voisinage.

Alfonsina montra sa chambre à Mauricette et lui prêta du linge. Dans le train, elles avaient discuté les détails pratiques de leur arrivée, de leur installation. Elles iraient dans la semaine faire des courses dans les magasins de Berck, surtout pour équiper Mauricette dont les affaires étaient restées à Deûlémont et Armentières. Il était possible d'en faire un moment agréable, il suffirait de se rendre à Berck par la plage, en longeant la mer, une promenade de quelques kilomètres, et les courses achevées en ville, l'on pourrait rentrer par le bus à Merlimont. Toujours intéressée par la poésie, Mauricette s'était réjouie à l'idée de mettre ses pas dans ceux de Sylvia Plath sur la plage de Berck. Elle avait même épaté Alfonsina en citant ce distique :

Why is it so quiet, what are they hiding ?
I have two legs, and I move smilingly...

Pour l'heure, après s'être rafraîchies, les deux amies n'avaient qu'une envie, voir la mer. La plage était à une centaine de mètres de la villa Opaline. Il était passé 6 heures. Le soleil descendait en face d'elles. Il faisait encore chaud. La rentrée des classes avait eu lieu mais on était dimanche et de nombreuses familles étaient venues passer la journée sur la plage. En se dirigeant vers le front de mer, Mauricette et Alfonsina, qui portaient de nouveau leurs lunettes noires, croisaient les gens du Nord et du Pas-de-Calais qui commençaient à rejoindre leurs voitures pour reprendre la route vers les villes de l'intérieur. Au bout de l'avenue de la Plage, elles débouchèrent sur le boulevard de la Manche. Un souffle tiède soulevait un voile de sable fin sur le macadam. Au sud-ouest vers Berck, le soleil traversait des couches de brume gris-bleu. L'infini était ouvert.

Avant de traverser le boulevard, les deux amies s'arrêtèrent au coin, à l'étal de la marchande de glaces. Précautionneusement, elles traversèrent et s'installèrent sur un banc de bois vissé dans le béton de la promenade, devant la mer. Elles étaient béates, léchant leur glace, jambes allongées, devant la masse d'eau en mouvement, face à la lumière, avec dans les oreilles le bruit continu de la marée, les voix des enfants jouant au ballon dans le sable, parfois le cri d'une mouette.

Mauricette suivait des yeux le vol d'un cerf-volant jaune et rose comme la glace qu'elle léchait. De temps en temps, Alfonsina se tournait vers elle. L'échange de sourires leur tenait lieu de conversation. La glace finie, elles restèrent encore longtemps sur le banc. Le soleil descendait peu à peu sur l'horizon. Elles enlevèrent leurs lunettes. De la « Brasserie de la Plage » s'échappait en bouffées une odeur de frites. Elles s'installèrent en terrasse pour manger une cocotte de moules à la crème accompagnée d'une demi-pression. Douce torpeur, douce folie. Elles rentrèrent lentement à l'appartement. Mauricette sortit le jeu de cartes de son cabas.

Elles firent une partie de manille découverte en buvant une infusion de tilleul. Cette nuit-là, Mauricette, en rêve, vola au-dessus d'une opulente prairie verte dans laquelle paissaient des centaines d'agneaux d'un blanc étincelant.

Le lendemain lundi, la journée se passa en majeure partie dehors. À l'inverse de la veille, la plage était quasiment déserte. Une étendue vierge et sans limites s'offrait à la vue et à la marche. Mauricette et Alfonsina remontèrent vers le nord, vers Stella-Plage et Le Touquet. Dans les dunes, les oyats se courbaient sous la brise. Les deux femmes longeaient la laisse de mer, baissant les yeux vers les amas hétéroclites abandonnés par la marée, monceaux d'algues, coquillages, bouteilles en plastique, bois flottés, cordages enchevêtrés, bouts de filets déchiquetés. Mauricette s'arrêta et ramassa une pelle d'enfant qu'elle glissa dans son sac. Plus loin, elle se baissa encore et retira de sous un paquet de fucus vésiculeux un gant de pêcheur. Il était vert et droit. Elle sortit de son cabas celui qu'elle transportait depuis des années, souvenir oublié d'une autre promenade. Il était gauche. Les deux faisaient la paire. Spontanément, elle les réunit et les déposa sur le sable. Alfonsina la regardait. Elle ne fit aucun commentaire.

Elles arrivèrent à la limite entre Merlimont et Stella, marquée par un ruisseau qui se dispersait sur la plage et qu'on traversait aisément. De l'autre côté, les restes d'un blockhaus de la dernière guerre étaient à moitié enfoncés dans le sable. Au sommet de la tourelle de béton poli par les tempêtes, un tag en grandes lettres noires délavées disait LOVE.

Elles s'assirent face au large, sur le sable, le dos appuyé au pied du blockhaus. Elles jouissaient de tout, le ciel, les ombres et la lumière, la sensation de la brise, l'odeur marine, l'écoulement fluide du sable entre leurs orteils. Là-bas, sur le rivage, les silhouettes des pêcheurs à la ligne se détachaient. Ils avaient le visage levé vers le haut des cannes, guettant la vibration du scion qui les avertirait si une sole ou un carrelet mordait à l'appât. Un groupe de chars à voile arrivant de Berck passa à bonne distance. Ils semblaient survoler la plage en rase-mottes, presque silencieusement. Goélands et mouettes traversaient sans cesse le ciel, se posant parfois dans les bâches à la recherche de nourriture.

Reposées, les deux amies reprirent la direction de Merlimont en longeant la mer. Elles s'arrêtèrent pour observer de plus près un groupe de pêcheurs. Elles posèrent même des questions et au cours de la conversation, apprirent une nouvelle recette... Plus loin, elles s'amusèrent beaucoup du manège d'une bande de bécasseaux qui couraient à toute vitesse en picorant tout au long du feston d'écume.

L'après-midi, elles amenèrent sur la plage deux sièges pliants et s'installèrent, lisant et somnolant. Mauricette relisait *Ulysse* et le fermait de temps en temps pour picorer dans les *Fables* tandis qu'Alfonsina était plongée dans un *Guide des oiseaux* qu'elle avait déniché lors d'un précédent séjour, sur les étagères de son bouquiniste.

Avant de rentrer à l'appartement, elles s'arrêtèrent à la laverie automatique équipée d'un accès Internet. Grâce à la carte de crédit d'Alfonsina, Mauricette envoya un message rassurant à Christophe.

Le troisième jour, elle se leva de très bonne heure, s'habilla en silence, prit son sac et sortit de l'appartement en faisant attention de ne pas claquer la porte. Elle marcha vers la plage. Derrière elle, le ciel rosissait. L'avenue était vide. De la buée recouvrait les pare-brise des voitures garées. Elle descendit sur la plage déserte par l'escalier entre le poste de sécurité et la brasserie.

C'est marée basse. Un grand chien roux court dans la direction de Berck. La mer brille au loin, à plusieurs centaines de mètres. Au début, Mauricette s'enfonce dans le sable fin et sec. Puis elle arrive sur le sable humide et la marche est plus aisée. De temps en temps, elle dévie de sa ligne droite pour éviter une bâche. Elle remet ses sandales pour traverser une étendue bosselée de ripple-marks. Le soleil se lève à peine mais elle a déjà chaud. Le bruit de la mer est de plus en plus fort. Un vent léger soulève des flocons d'écume à l'extrémité des vagues. Un nuage de mouettes s'envole à l'approche de la vieille dame.

Maintenant, Mauricette est debout face à l'océan. Les pieds dans l'eau, elle contemple l'infini en remuant les lèvres. Elle est la cause de tous ses obstacles. Elle le sait. Elle recule de quelques mètres et vide sur le sable le contenu de son cabas. Elle met de côté la petite pelle et sépare le reste des objets en deux sous-ensembles. Un premier avec le porte-cartes, la mâchoire de lapin et les osselets. Un second avec son mouchoir, les pinces à linge, le crayon, le carnet d'adresses, le porte-clés avec les médailles de sainte Rita et de Benoît Labre, les *Fables* et la carte téléphonique.

Elle prend la pelle d'enfant et trace un cercle d'une trentaine de centimètres de diamètre sur le sable humide. Puis elle se met à creuser, rejetant le sable en tas sur le côté. Rapidement, l'eau affleure au fond du trou. Elle ouvre le porte-cartes et en retire successivement les quatre photos qu'il contient. Ce sont des photos cornées, en noir et blanc, aux bords dentelés. Elle les dépose une à une au fond du trou. Elle ajoute ensuite le porte-cartes vide au-dessus des photos. Elle termine en disposant en croix les quatre osselets gris, puis l'osselet rouge et la mâchoire de lapin. Mauricette se redresse, recouvre le tout, rebouche le trou. Elle tapote le dessus avec la pelle. Après quelques instants, la surface est redevenue uniforme, l'eau avance doucement. On ne distingue plus l'endroit où elle a creusé.

Mauricette ramasse le reste des objets et les range dans son cabas. Droite, face à la mer, elle lance le plus loin possible dans les vagues la petite pelle. Elle regarde le ciel, elle regarde la mer, elle regarde le sable, elle se retourne et regarde le soleil levant qui est maintenant une énorme boule rouge au-dessus du village.

Elle prend le chemin du retour. La mer avance lentement derrière elle. Mauricette murmure : « Le ciel, c'est Maman. La mer, c'est Émile. Le sable, c'est Papa. Le soleil, c'est Mon Amour. » Elle revient. Dans une bâche, à contre-jour, elle reconnaît la silhouette élégante d'un héron, un héron miniature, tout blanc. C'est une aigrette garzette. Elle l'a identifiée hier dans le *Guide des oiseaux.* Au moins, elle aura quelque chose à raconter à son amie qui doit sans doute se demander où elle est partie. À l'approche de Mauricette, l'aigrette s'envole dans le soleil. Mauricette s'arrête, la suit des yeux le plus longtemps possible, puis se remet en marche.

Je continue ma vie. Je continue dans ma vie. Je vais l'écrire à Christophe qui passa du temps à me parler et à M. Demolins et aussi Émilie Delaleau qui ont été avec tous les gens les braves gens de la Santé mentale bons à m'entendre à échanger la parole pas seulement du langage. La parole entre nous. Je vais le dire sur le papier comme d'autres avant moi, toute cette parole écrite qui ne s'envole pas et se lit dans les livres des bibliothèques de la terre et je la déchiffre aussi sur les pierres et les monuments. Je fais le tri. Je pars en voyage avec Alfonsina. Elle a son argent pour m'aider. Je choisis de partir de ma propre décision. Ce n'est pas un élargissement, une grâce du docteur chef. C'est moi qui décide. Je continue dans ma vie. Nous irons devant l'océan comme une soupe primordiale. C'est un désert d'eau de nuages et de lumière sur le sable concassé par les marées des équinoxes et de la lune. Je regarderai de tous mes yeux pour avaler l'infini. Je ne reviendrai pas dans la « Clinique ». Je ne suis plus une patiente mais je demeure. Il me reste des atouts dans la main.

Ma vie s'allongera devant moi comme mon ombre

entre Berck et Boulogne. Mes pas traceront une double ligne pointillée entre la mer et les dunes. Je me retournerai de temps en temps pour la regarder puis je continuerai la route. Je ne reviendrai pas et je ne serai pas seule. Je crois que les maladies de mon psychisme peuvent aller mieux comme le mal aux dents ou le rhume de cerveau. Je n'ai pas besoin d'entendre le bruit des clés. Je suis mon traitement, celui de Jean-Marie Demolins, les anti-dépresseurs et les soins des troubles de mon humeur et la balnéothérapie, et surtout j'ai émergé et j'ai trié dans les souvenirs et j'ai parlé aux oreilles soignantes. Je ne suis plus coupable du passé passé.

J'ai réfléchi lorsque je marchais dans les parcs et les jardins en cueillant des petits fruits. J'étais dans ma pensée en dessinant des croix et des points dans l'atelier des artistes. Je ne porte plus de croix et j'ai fait le point final, je crois. Je vais écrire à Christophe pour qu'il s'occupe de la maison et des compteurs pour l'eau et l'électricité. Je le rassurerai. Je suis bien dans ma vieille peau. Elle est un peu bronzée sur les bras et les épaules, le visage et les pieds. Je continuerai de faire attention à ce que la chaleur du soleil ne soit pas trop forte pour mes veines. Oui Christophe Cheval Noir, tu es le chevalier de Comines. Je viendrai te voir au retour du printemps. Ce sera le printemps deux mille neuf, celui du renouveau.

J'emmène pour lire sur la plage l'odyssée de M. Bloom le gros livre de poche à couverture verte dans la ville de Dublin mais il pleut assez souvent là-bas, et nous prendrons des billets pour Trieste, pas l'Orient-Express trop cher. J'y serai en octobre et pour l'hiver.

Une autre villégiature sur les doubles traces d'Ulysse et de Joyce. C'est comme la joie. J'ai l'espérance et la joie. Je continue dans ma vie. Mon malheur et ma culpabilité seront lavés au sable dans la mer. L'océan transforme les souvenirs en petits grains. Le matin au début du jour, je marcherai avec le soleil dans mon dos. Vers la ligne d'écume au loin dans la marée basse. Après Merlimont, ce sera Trieste, mais avec joie, et de Trieste, nous irons à Venise tout à côté. Je vois ça dans l'atlas, et puis ensuite dans la Slovénie et la Croatie, des pays qui sont revenus du passé, jusqu'à Dubrovnik. J'y pensais en regardant la page des drapeaux en couleur dans mon Larousse *du certificat d'études. Après nous reviendrons par le train vers l'Autriche. J'inviterai Christophe à Armentières chez Alfonsina. Elle m'a raconté la visite avec le café et les speculoos. Je lui montrerai les cartes postales de Merlimont d'Opale et de la Riviera Adriatica, les photos de ma vie qui continue. À Deûlémont, ce sera la saison de planter et de semer dans le jardin. J'utiliserai encore le futur dans ma conjugaison.*

Je ne vais pas m'engluer dans la ressasse du passé. Avant de partir, je vais retirer ces pages. Je laisserai le reste derrière moi sur le dessus-de-lit. J'ai vu le chemin parcouru à reculons. Je sais la chose qui me rend la plus malade. C'est la douleur dans ma vie mais la souffrance devient l'amour du monde sous mes pieds et dans mes yeux. On m'a visitée. Je ne guérirai peut-être pas complètement mais je suis passée à un grand amour sur la planète. Le poème de la terre, d'une enfance innocente. Je ne suis pas malheureuse. Je suis libre. Je continue. C'est peut-être la grâce.

Ce roman a été écrit à Armentières en 2008-2009 durant une résidence de six mois sur le site de l'Établissement public de santé mentale Lille-Métropole, avec le soutien du ministère de la Culture et de la Communication — DRAC Nord-Pas-de-Calais et de l'Agence régionale de l'hospitalisation, dans le cadre d'un projet « Culture à l'hôpital » initié par le docteur Christian Muller, chef de service du secteur 59G18, à qui j'adresse ici mes plus sincères remerciements.

Je remercie également les patientes et les patients du secteur G18, à la « Clinique », au Cèdre Vert et au Centre Trieste, et tous les membres du personnel de l'EPSM, toutes celles et tous ceux qui m'ont aidé dans le cours de ce travail en m'accueillant au sein de l'équipe soignante.

Un merci particulier pour leur disponibilité à Maryse Deleplanque, Cécile Mercier, Gladys Mondière, Emmanuel Bulckaen, Hervé Jacquiez, Yves Legland, Pascal Bourgeois, Valérie Vroilant, Audrey Cunault, Isabelle Bertaux, Caroline Ovion, Guillaume Brouck, Mélissa Brysse, Valérie Vitse, Claudie Bouillier, Stéphane Doom, Pierre Corneille Nkurunziza, Fanny Leclair, Bernadette Pladys, Catherine Boerez, Marie-France Perche.

Merci encore à Odile Chopin, conseillère à la DRAC pour le livre et la lecture, à Joseph Halos, directeur de l'EPSM, à Stéphanie Weill, Véronique Waxin, Thérèse Dutertre et à tous ceux qui ont permis que ce long séjour se déroule dans les meilleures conditions.

Merci enfin à Josiane, ma femme, pour son soutien.

DU MÊME AUTEUR

Aux Éditions de La Table Ronde

LA PATIENCE DE MAURICETTE, 2009 (Folio n° 5273)

MORT D'UN JARDINIER, 2008 (Folio n° 5105)

Aux Éditions du Dernier Télégramme

LES VERSETS DE LA BIÈRE, 2010

NOUS NE SOMMES PAS MORTS (avec Hélène Leflaive). *Collection Correspondances*, 2008

PATISMIT. Ouvrage trilingue (picard, français, anglais) avec un CD. *Collection Échos*, 2008

TRANSPORT VISAGE DÉCOUVERT. *Collection Longs courriers*, 2006

Aux Éditions Le Mort-Qui-Trompe

SOMBRE DUCASSE. *Collection Agent Orange*, 2007

Aux Éditions Pierre Mainard

UN TROU DANS LE MONDE, 2006

TÊTES DE PORCS, MOUES DE VEAUX (avec Patrick Roy), 1999

Aux Éditions du Marais du Livre

CANAL MÉMOIRE, 2004

UNE SIMPLE FORMALITÉ (avec Sylvie Granotier), 2001

VISIONS D'UN JARDIN ORDINAIRE (avec Josiane Suel), 2000

Chez d'autres éditeurs

MORCEAUX CHOISIS. Éditions Les Contemporains, 1991

CHAPELET. Éditions Ecbolade, 1996

LA JUSTIFICATION DE L'ABBÉ LEMIRE. Éditions Mihàly, 1998

L'ENVERS DU CONFORT. Voix Éditions, *Collection Vents contraires*, 2001

COUPE CAROTTE. Éditions Derrière la salle de bains, 2002

LES TERRILS : OMBRE ET CLARTÉ (avec Patrick Devresse). Centre historique minier, 2007

PHOTOROMANS (avec Patrick Devresse). Husson Éditeur, 2008

ROSE DEVANT ROSE DERRIÈRE. Éditions Contre-mur, 2009

D'AZUR ET D'ACIER, Éditions La Contre-allée, 2010

JOURNAL DU BLOSNE, Éditions Apogée, 2010

Composition Nord compo
Impression Maury-Imprimeur
45330 Malesherbes
le 13 juin 2011.
Dépôt légal : juin 2011.
Numéro d'imprimeur : 165157.

ISBN 978-2-07-044082-5. / Imprimé en France.

178863